名もなき剣

義賊・神田小僧

小 杉 健 治

幻冬舎時代小説文庫

名もなき剣　義賊・神田小僧

目次

第一章　かどわかし　7
第二章　娘の行方　86
第三章　駆け落ち　161
第四章　旦那の正体　239

第一章　かどわかし

一

　小雨がしとしとと降っている蒸し暑い六月十四日、真夜中の神田白壁町《かんだしろかべちょう》。辺りは静まりかえっていて、雨音とホトトギスの鳴き声だけが聞こえてくる。

　神田小僧《こぞう》は襟に落ちる雨だれに首をすくめながら、醬油問屋『下総屋《しもうさ》』の塀を飛び越えた。

　庭の草を踏む足音も小雨にかき消される。

『下総屋』は五代続く醬油問屋で、いまの店主は太右衛門《たえもん》である。

　店はそれなりに大きい。

　どこかで賭場《とば》が開かれているらしい。普通の博打《ばくち》であれば金子《きんす》を駒に換えるが、ここでは金子のまま丁半を張っていると聞いている。そういう賭場は、一両、二両のはした金ではなく、十両、二十両といった大金を賭けている場合がほとんどだ。

つまり、それだけ大金を持っている、言い換えれば悪いことで稼いでいる奴らが集まっているということだ。

神田小僧は辺りを見回しながら、頃合を見計らって蔵へ一直線に走る。

蔵の前に着いた。重たい錠が掛かっている。

懐から細い釘を二本取り出して、穴に差し込んだ。二重に掛かった錠を解除しないといけない形になっているが、神田小僧は素早い手業《てわざ》で錠を外した。

蔵の中に入ると、すぐに扉を閉めた。

生暖かい空気がもわっと臭う。

火縄で灯りを点けて、辺りを見回した。

奥の方に千両箱がいくつも積み重なっているのが見えた。神田小僧は一番上の千両箱を開ける。小判がぎっしり敷き詰められていた。

そこから目分量で二十両ほど摑んで懐に入れた。

神田小僧は蔵の外に出て、錠を元通りに掛けた。

賭場はどの部屋で開かれているのだろう。神田小僧は『下総屋』を後にした。

　翌十五日の昼間、雲ひとつなく、玉を磨いたかのように夏の空が青く晴れ輝いていた。火の見櫓《やぐら》の上では烏が大きな口を開けて、騒ぎ立てる。馬にまたがって、ゆっくりと道を行く武士の額にも軽く汗が滲《にじ》んでいるようだった。

　どこからともなく勢いの良い三味線の音が聞こえてくる。

　巳之助《みのすけ》が神田白壁町の裏長屋を「いかけえ、いかけ」と声を掛けながら歩いていると、その三味線の音がぴたっと止まり、

「巳之さん」

　と、二十歳《はたち》そこそこの、瓜実顔《うりざね》で切れ長の目の色っぽい女が一番奥の家から出てきた。紺の縮緬《ちりめん》に紫陽花の柄を白上がりにして、所々に雲を散らした小袖に、白茶の帯を締めている。常磐津《ときわず》の岸沢菊文字《きしざわきくもじ》だ。

「どうも」

　巳之助は頭を下げた。

「ちょうど、よかった。鍋に穴が開いてしまって……」

　菊文字はそう言うと、一度土間に入り、鍋を持って戻ってきた。

「これなんですけど」

使い古した鍋の底に小さな穴が開いていた。

巳之助は道具箱を下ろしてから、鍋を受け取り、

「これくらいなら、すぐ直りますよ」

と、ふいごを出して、火を起こす。

すると、菊文字の長屋からぎゃあぎゃあと子どもの騒ぐ声が聞こえてきた。

「すみません。下の子が……」

菊文字は恥ずかしそうに顔をしかめる。菊文字は六人姉妹の長女で、一年前に両親が亡くなったあと、ひとりで妹たちの面倒を見ている。菊文字の下は、十五歳、十三歳、八歳、六歳、二歳といずれも幼いが、上の二人の妹はもう奉公に出ているという。

菊文字の父親は有名な常磐津の三味線弾きの岸沢文字右衛門《もじえもん》で、弟子が五十人ほどいたが、病が元で亡くなった。

菊文字はまだ十九歳と若いからか、弟子たちが離れていき、三人しか残っていない。

そればかりではなく、文字右衛門は生前方々に借金をしており、生きている時には何とか利息分だけ払えば済んでいたのが、亡くなってからは借金取りが容赦なく押しかけ、すぐに払ってもらわないと困ると言われて、表通りに面していた二階屋も売り、今はこの裏長屋で細々と暮らしている。

巳之助は鍋の穴をふさぐと、菊文字に渡した。

「あの、今日はちゃんと払います」

菊文字は言うが、

「いえ、お代は結構ですんで」

と、巳之助はやんわり断った。

巳之助はいつも代金を貰っていなかった。こんな恵まれない境遇の者から金を取りたくないというのもあるが、他にも親切にする訳がある。

実は数年前、巳之助はあるやくざの親分から蔵の錠前を直して欲しいと頼まれ、請け負ったことがあった。その時に、錠前を直してやったが、直後に盗みに入られ、巳之助が無実にも拘わらず疑われた。子分たちが五人ほど巳之助の長屋にやって来て、それから人気《ひとけ》のない場所に連れて行かれた。相手を叩きのめすことは簡単だが、自分の正体を疑われてしまう恐れがあった。どうしようか迷っていた時に通りかかったのが文字右衛門だった。文字右衛門は弟子を十人ほど連れており、さすがにやくざ者たちも逃げて行った。それだけでなく、文字右衛門はその親分と知り合いで、巳之助は盗みをするような者ではないと説明してくれた。そのすぐ後に盗人《ぬすっと》が捕まったこともあり、巳之助の疑いは晴れた。巳之助はその時の恩を未だに忘れていなかった。

「それじゃ、申し訳が……」

菊文字は恐縮する。

「文字右衛門さんにお世話になりましたから」

巳之助はいつものように答えた。

「でも、父が巳之さんを助けてからというもの、いつもお代を受け取らずに仕事を引き受けてくれていますす。もう十分すぎるほどにお礼はしていただきましたのに」

「いえ、これでも足りないくらいです。文字右衛門さんには感謝しきれないんです。なので、菊文字さんにせめてもの気持ちとして」

菊文字は巳之助の言葉を聞き、申し訳なさそうな顔をしながら、

「本当にすみませんね」

と、頭を下げた。

それから、少し言いにくそうな顔をして、

「巳之助さんにちょっとお願いがあるんです」

と、言い出した。

「何でしょう？」

巳之助はきき返す。

「馬喰町《ばくろちょう》にある古着屋の『会津屋《あいづ》』さんをご存知ですよね？」

「はい、あそこの旦那さまもよく仕事をくださいますので」

「この間、うちにあります着物を明後日『会津屋』さんに持っていくと約束をしていたのですが、ちょっと都合が悪くて、行けないんです。それで、もしご迷惑でなければ、代わりに持って行ってもらいたいのですが」

「それくらい、どうってことないですよ。あっしが行かせてもらいましょう」

「ありがとうございます。うちの押し入れにあるので、すぐ持ってきます」

「いえ、取りに行きますよ」

巳之助は菊文字と一緒に四畳半の家に入った。

小さな女の子ふたりが手遊びをしていたが、巳之助が土間に足を踏み入れると、顔を振り向け、

「巳之さん、こんにちは」

と、挨拶をした。

菊文字は押し入れの中から風呂敷包みを持ってきた。

巳之助が上がり框《かまち》に腰を掛け、風呂敷を解いてみると、一枚の白地の振袖が入っていた。白綸子《りんず》の四君子《しくんし》の地紋を織り出した生地に、光琳《こうりん》模様の紅梅の刺繍が施されている立派なものだ。

どこからどう見ても花嫁衣装であった。

「これは?」

巳之助は思わず口にした。

「父が深川森下町《ふかがわもりしたちょう》に住む有名な職人に作らせたものらしいんです」

「たいそうなものじゃございませんか」

振袖の価値はわからない巳之助であるが、これは素晴らしい職人技で織りなされ

ている。それだけに、こんな上等なものを売ってしまうのは惜しい気がしてならない。

「差し出がましいようですが、これは取っておいた方がよろしいと思います」

巳之助は振袖を突き返した。

「でも、使うことはないでしょうから」

菊文字は首を横に振る。

「しかし……」

巳之助は言い返そうとしたが、

「いいんです。もう昔のように、こんな振袖を着られる身分ではありませんし、元々私にはもったいないほどのものなんです。それに、私は芸一筋に生きると決めましたから、花嫁衣装は要りません」

菊文字が言い放った。その目には、どこか吹っ切れたような気が感じられる。

巳之助は少し躊躇《ためら》ってから、

「本当によろしいんですね」

と、確かめた。

「ええ」

菊文字は深く頷《うなず》く。

「では、あっしが責任を持って古着屋に届けます」

巳之助は風呂敷を結び、膝の横に置いてから、

「さっき、馴染《なじ》みの方に弾んでもらったんです」

と、懐から二分を出して渡した。

「え？」

菊文字は目を見開く。

「ほんの少しですが、受け取ってください」

「いえ、いつも親切にしていただいているのに……」

「いいんです。本当に気持ちだけですから」

「お気持ちだけいただきます」

菊文字がやんわりと断った。

巳之助は菊文字が困っているのを見る度に、何とか助けてあげたいと思っているが、それがなかなか出来ないでいる。

「では、明後日また取りに来ますんで」

巳之助は裏長屋を後にした。

路地から大通りに出る時に振り返ると、菊文字が見送っていた。

巳之助は軽く頭を下げて、大通りに出た。しばらく道を真っ直ぐ進み、鎌倉町《かまくらちょう》に入った。

少し先に御宿稲荷《みしゅくいなり》神社が見える。そこに黒山の人だかりがあった。普段、そんなに大勢の人が参詣に来る場所でもない。

何かあったに違いない。

巳之助は脇を通るついでに、人と人の合間から中を覗いてみた。

すると、顎の尖った細面《ほそおもて》の定町廻《じょうまちまわ》り同心、関小十郎《せきこじゅうろう》と、目つきの悪い岡っ引きの駒三《こまぞう》の姿が見えた。

足元には何者かが横たわっている。

群衆はざわついている。

「ちょっと、お伺いしますが」

巳之助は、目の前でつま先立ちになりながら覗いている、痩せた背の高い三十くらいの男に声を掛けてみた。

「なんだい？」

「殺しですか」

巳之助は確かめた。

「ああ、そのようだ。殺されたのは、浪人っぽいな。左頰に刀傷がある」

巳之助は男の言葉におやっと思い、

「あとはどんな特徴が？」

と、きいた。

「土みてえな顔色をしてやがる。まあ、そもそも死体だから当たり前か」

男は軽口を叩き、

「浪人者なのかはわからねえが、『太吉郎《たきちろう》』って書いてある莨入《タバコ》れが死体の傍に落ちていたそうだ」

とも言った。

巳之助の知り合いの浪人も、左頰に刀傷がある。名前は太吉郎ではないが、下手人のものだとしたら……。

だが、あの男がこんなところで殺されるはずはない。あれほど剣の腕の立つ男を見たことがない。

「おい、誰かこの男を知っている者はいないか。順番に顔を検《あらた》めてくれ」

関小十郎のよく通る声がした。

「おい、ひとりずつだ」

駒三が押し合う野次馬をびしっと注意した。

野次馬たちは順番に顔を見に行った。

巳之助も気になって、死体の傍まで進み出た。稲荷の死体の浪人は背が五尺六寸（約百七十センチ）ほどで、平たくて大きな顔に、もみあげが濃く、左頬に刀傷があった。装いは背割羽織《せわりばおり》、ひだのくずれた馬乗り袴《ばかま》、駒下駄を履いていた。背中を斬られたようだ。

改めて顔を見た。刀傷があるといっても、鼻筋が通っていて整った顔立ちの男であった。

知っている男ではない。松永九郎兵衛《まつながくろべえ》は別に仲間ではないが、少し安心した。

巳之助はそれだけ確かめると、すぐにその場を離れ、再び「いかけえ、いかけ」

と声を掛けながら歩いて回った。

二

長い夏の日もすっかり暮れ切っているが、暑い。じめじめとして汗ばむほどだ。

二階の薄暗い六畳一間で莨を吹かしている松永九郎兵衛は、左頰の古傷に汗がしみこんで思わず顔をしかめた。

「しかし、こんなところに俺を置いておくとはな……」

九郎兵衛は舌打ち交じりに呟いた。

部屋の隅には葛籠《つづら》などが置いてあり、どう考えても物置に使っていたとしか思えない場所だ。

九郎兵衛は三十歳、屈強な体つきである。仕官先を探そうという気など毛頭もなく、用心棒や喧嘩の仲裁など、武士でいるよりも金になりそうな仕事を請け負っている。さらには、悪い奴らを脅して、金を巻き上げることなどもしている。

ひょんなことから、今日の昼間に、この居酒屋『山川《やまかわ》』の亭主と出会い、用心棒を引き受けたが、まさかこんなしけた店だとは思わなかった。

亭主が言うには、最近この辺りで人攫《さら》いが増えているから、自分の娘も心配だということだった。さらに、風体《ふうてい》の良くない者たちがしょっちゅう来て、迷惑しているとも語っていた。

今日だけ用心棒を務めて、明日からは断ろう。そんなことを考えていると、突然、階段を駆け上がる足音が聞こえてきた。

すぐに四十くらいの気の弱そうな男が顔を見せる。『山川』の亭主だ。

「松永さま、すぐに来てください！」

亭主は声を上げた。

「わかった」

九郎兵衛はそう言って、名刀三日月兼村《かねむら》を手に取り、立ち上がった。

部屋を出て、階段を下りると、二十歳そこそこの粋《すご》がっているような男が三人、三十半ばで真面目そうな商人風の小柄な男を囲んで凄んでいる。

商人はいくらか呑んでいるようだったが、

「別に悪気があったわけじゃねえ。お前さんが倅《せがれ》と同じ年頃だったから、ちょっと見ただけだ。気分を悪くしてすまねえ」

と、しっかり頭を下げて詫びを入れていた。

「悪いと思うなら、金を出さねえか」

三人の若者のうち、兄貴分らしい細面の男が声を荒らげた。

九郎兵衛はそこへ近づき、

「おい、ここは店の中だ。他の客にも迷惑になる」

と、兄貴分に睨みを利かせた。

兄貴分はちらっと九郎兵衛を見て、

「お侍さま、口出ししないでくだせえ」

と、言い放った。

「そうか」

九郎兵衛は小さく呟くと、いきなり兄貴分の胸ぐらを掴んで、表へ引きずり出した。

そして、地面に叩きつけた。

兄貴分は尻もちをついて、唸ったまま立ち上がれない。

後ろから付いてきた弟分たちが「兄貴！」と駆け寄る。

「まだ餓鬼のくせに、変な知恵を付けおって。もう二度とこの店に来るな！」

九郎兵衛は鞭を打つように、びしっと言い付けて、店の中に戻った。

「ありがとうございます」

さっき絡《から》まれていた商人が頭を下げた。

「どうってことない」

九郎兵衛はそのまま二階に上がって行った。

六畳一間に戻り、一服した。

少ししてから、亭主が盆に徳利と猪口を載せて持って来た。

「松永さま、先ほどはありがとうございます。助かりました」

亭主は頭を下げながら、九郎兵衛に酒を差し出す。

九郎兵衛は黙って受け取り、手酌で呑み始めた。

「さっきの者たちは、よくうちで揉め事を起こすんです。あいつらのせいで常連のお客さまが離れていってしまいまして、本当に困っていたんです」

亭主は、きいていないのに勝手に話した。

「そうか」

九郎兵衛はいい加減に返事をする。昼間に亭主から聞いた話では、手を付けられないような男たちが店にしょっちゅうやって来て、客にいちゃもんを付けたり、亭主に金をたかったりするということだったが、まさかあんな弱そうな者たちだとは思わなかった。久しぶりに腕を振るうことが出来ると楽しみにしていたが、期待外れでがっかりした。

「もうあいつらはやって来ないと思います。本当にありがとうございます」

亭主は再び頭を下げた。

「礼はいいから」

九郎兵衛がそう言い放つと、階下から何やら怒鳴るような声がした。

階段をどたばたと駆け上がる音がする。

「あんた、さっきの奴らがやって来たよ。もっと仲間を連れて」

おかみさんがぞっとした顔で言った。

「懲りない奴らだ」

九郎兵衛は立ち上がり、階段を下りた。

さっきの三人に加えて、唐桟《とうざん》の着流しに太い長脇差《ながわきざし》を差した、三十年輩のでっぷり肥えた仁王のような顔をした大男が立っていた。

店の中には他の客はもうおらず、真面目そうな小柄な商人は端の方で身を縮めながら怯《おび》えていた。

「先生、こいつですぜ」

細面の兄貴分が言った。

「ちょっとばかしは腕が立ちそうな奴だな」

大男が睨みつけ、

「俺は柳橋《やなぎばし》界隈では名を知らない者はいない、大迫権五郎《おおさこごんごろう》って男だ。元は江戸相撲で小結まで上り詰めた。謝るなら今のうちだ」

と、言い放った。

「落ちぶれ力士の浪人か」

九郎兵衛は吐き捨てた。名前だけは聞いたことがある。力士だった時には、館林《たてばやし》藩に抱えられていたという男だ。

「なんだと」

権五郎は刀に手をかける。

「勝負するなら、表に出ろ」

九郎兵衛は顎で示した。

「………」

権五郎たちは何も言わずに店を出た。

九郎兵衛と権五郎は通りで向かい合う。何事かと野次馬が集まって来た。

まず、刀に手を掛けたのは権五郎であった。

刀身を抜くと、三尺（約九十センチ）近い長刀である。

権五郎は左の肩を引き、右足を前に半身開いた平青眼《ひらせいがん》の構えをした。

九郎兵衛も三日月を抜いたが、別に構えることなく、権五郎を鼻で笑った。

「小癪《こしやく》な！」

権五郎は殺気を帯びた顔で刀をかざして突っ込んできた。

九郎兵衛は素早く、三日月で相手の刀を受けた。

元力士だけあって重たい一撃だ。だが、しょせんは力だけ。見切った九郎兵衛は振り払うと、峰打ちで権五郎の首元を狙って打ち付けた。

「うっ」

権五郎は鈍い声を出して、よろけた。

普通の者であれば、ここで倒れる。だが、首元のぜい肉が邪魔をしたのか、権五郎は再び平青眼の構えをとり、不敵に笑った。

「甘いな」

権五郎が嘲笑う。

「では、本気で行くぞ」

九郎兵衛は中段に構えて、権五郎に仕掛けていった。

刀と刀がかち合い、火花を散らす。

一旦離れた権五郎が上段から振りかぶってくる。

九郎兵衛は鎬《しのぎ》で受ける。権五郎は力を込めて押し返してきた。

九郎兵衛は刀を外して横に逃れた。

権五郎はよろけたが、すぐに体勢を立て直して、

「えいっ」

と、突っ込んできた。

九郎兵衛はさっと右に躱《かわ》し、相手の脇腹を三日月の峰で打つ。それから素早く、もう一度腹を叩いた。

前のめりになったところに、背中に峰打ちを喰らわせた。

権五郎はうつ伏せに倒れた。

九郎兵衛は相手の刀を蹴り飛ばしてから、権五郎の頭上に刀をかざし、

「動くと、脳天を打ち砕くぞ」

と、峰を返した。

権五郎は身動き出来ない。

「もう二度とここに顔を見せるな」

九郎兵衛はそう言い付けて、刀を仕舞った。

「先生！」

兄貴分たちが権五郎を抱えて立ち上がらせ、決まりの悪そうにそそくさと帰って行った。

野次馬の中から、「でかしたぞ！」とか、「すかっとした」という声が聞こえてきた。

九郎兵衛が店の中に戻ろうとした時、

「お侍さま」

と、野次馬の中から、三十半ばくらいで鼻筋の通った穏やかな面立ちの商人風の男が近寄ってきた。

「なんだ」

九郎兵衛は男を見る。

「私は近くの紙問屋をしております『美濃屋《みの》』の番頭で、弥三郎《やさぶろう》と申します。折り入ってお話があるのでございますが、よろしいでしょうか」

弥三郎は真剣な眼差しで言った。

九郎兵衛が黙って頷くと、

「ここでは話がしにくうございますから」

ふたりは端に寄った。

弥三郎は辺りを見回してから、

「実は『美濃屋』の十八になりますご息女のおまきさんが、十二日の夕方から帰ってこないんです」

「十二日というと、三日前だな。それから何の沙汰もないのか」

「はい」

「家出か？」

年頃の娘であれば、考えられない話ではない。

「いえ、それはないと思います。というのも、先代のお母さまが病に倒れておりまして、おまきさんは回復するようにと、夜遅くに近くの神社で百日参りをしていたんです。まだ五十日目ですし、そんな状況で家出をするなんて考えられません」

弥三郎は真剣な眼差しで言う。

「となると、かどわかしか？」

九郎兵衛は、頭を過《よぎ》った考えを口にした。

「まだわかりません。でも、何かに巻き込まれていたらと思いますと……」

弥三郎は顔をしかめ、

「どうであれ、おまきさんが心配でございます。そこで、お願いです。おまきさんを探し出して頂けませんか」

と、改まって頼んだ。

「助けてやりたいのは山々だが、困ったな……」

九郎兵衛はわざと首を傾《かし》げる。

「何かおありなのですか」

弥三郎がきく。

「明日にでも浜松《はままつ》へ行かねばならないのだ」

「浜松へ？」

「急ぎではないのだが、知り合いが届け物をして欲しいとのことでな。中身は知らされていないが、何でも大切なもののようで、届けてくれたら十両やると言ってくれた」

「十両でございますか……。それは、あなた様が運ばなければならないのですか」

「いや、そういうわけではない。ただ、わしも見ての通り、浪人の身でな。十両といえば大金だ。金になるのであれば、喜んで引き受けたいというわけだ」

「そうでございますか」

弥三郎は少し考えてから、

「あの、私どもはお礼に二十両をお支払い致します。それで、引き受けては頂けませんでしょうか」

と、口を開いた。

「二十両か……」

「では、二十五両……」

九郎兵衛はもったいぶった。

「かどわかしと相まみえることになれば、命の危険も伴う。それに、入用もありそうだ」

九郎兵衛はさらに値を上げても、乗ってくれるということを見越して言った。

「わかりました。三十両では？」

「まあ、そのくらいあればよいだろう。ただ、お前は番頭であろう。お前ひとりで決められるのか」

九郎兵衛は確かめた。

「ええ、平気でございます」

弥三郎は言い切った。

「なら、よかろう」

九郎兵衛は深く頷いた。すると、心なしか、弥三郎の顔が晴れた気がする。

「ありがとうございます。『美濃屋』はすぐ近くでございますから」

弥三郎は後ろを向き、少し先の丸印の中に美と書かれた大きな看板を指した。

「そうか。ここの亭主に話をしてくるから、ちょっと待っておれ」

九郎兵衛は店内に入り、

「もうあいつらは来ないだろうから安心しろ。俺は少し出掛ける」

と言って、弥三郎の元に戻った。

それから、ふたりは目と鼻の先の『美濃屋』まで行った。その間に、弥三郎は九郎兵衛の名前や住まいをきいてきた。九郎兵衛は正直に答えた。

『美濃屋』にはすぐ着いた。間口の広い店で、繁盛しているのがわかる。土間には、俵や樽がいくつも積み上げられている。その横を通り、

「さあ、こちらへ」

店に上がって、奥の十畳間に通された。

床の間には、夏らしい朝顔の掛軸があり、白い百日紅《さるすべり》が生けてあった。縁側は東向きで、綺麗に手入れが行き届いている庭が見える。庭先には小さな池があり、朝

顔が咲いていた。

ほんのりと、白檀《びゃくだん》の香りが漂う。

「旦那さまを連れてきますので、少々お待ちを」

弥三郎は部屋を出た。

九郎兵衛が庭を眺めていると、襖の向こう、廊下をもっと進んだ先から何やら声がした。

「旦那さま、松永さまは相当腕の立つお方です。おまきさんの行方を探すのを頼みましょう」

九郎兵衛の地獄耳が弥三郎の声を捉えた。九郎兵衛はどんなに小さい声でも聞き逃すことがない。

「なんでそんな浪人を連れてきたんだ」

「奉行所が信頼できないとなれば、他に頼るところなどありません」

「頼らずとも、こっちで解決すればいい」

「ですが……」

「ともかく、帰ってもらえ」

そこで会話は途切れた。

しばらくして、弥三郎が暗い顔をして入って来た。

「どうした？」

九郎兵衛は惚《とぼ》けてきいた。

「いえ、ちょっと旦那さまが……」

弥三郎が口ごもる。

「旦那がどうしたというのだ」

「申し訳ございません。旦那さまに松永さまのことを話せばという思いがあったのですが、私の見込み違いでした」

弥三郎は頭を下げた。

「まさか、わしが信頼できぬというのか」

九郎兵衛はわざと怒ったように言う。

「いえ、そういうわけではありません。まだ気が動転していて、何も考えられないのだと思います」

弥三郎は必死に取り繕《つくろ》うように答える。

「しかし、お主ひとりで決められると言っていたではないか。あれは嘘だったのか？」

九郎兵衛は責め立てる。

「申し訳ございません」

弥三郎はただただ、頭を下げるばかりだ。

九郎兵衛は咳払いをしてから、

「わしもせっかくここまで来た手前、このまま帰るのも格好がつかんな」

と、意味ありげに言う。

「それはもう……」

弥三郎はまた頭を下げ、どうにもできないような苦しい表情を浮かべる。

「別にお前を責めているわけではない。とりあえず、旦那に会わせてはくれぬか」

九郎兵衛は頼んだ。

「はあ、わかりました」

弥三郎はまた部屋を出て行った。案外と素直に従った。

娘を取り返すことが出来たら、三十両が手に入る。それをみすみす逃すのは惜しい。

　遠くの方から、また弥三郎と旦那の声が聞こえる。

「しつこいな」

　旦那が呆れたように言っている。

「ともかく、あんな強くて頼りになりそうなお方を私は今まで見たことがありませんし
「………」

「旦那さま」

　弥三郎がしつこく迫る。

「会うだけだぞ」

　旦那がそう答えた。

　しばらく経って、襖が開いた。

　五十過ぎの白髪交じりで面長の、品の良さそうな薄い唇の男が入って来て、九郎兵衛の前に腰を下ろした。

　その後ろに、弥三郎が控えている。

「私が『美濃屋』の主人、庄左衛門《しょうざえもん》と申します。先ほど、番頭から話を聞きました。大変申し訳ないのですが、この話は忘れてくださいますか」

庄左衛門は手を付いて、頭を下げた。

「わしは明日の仕事を断ってきたのだぞ」

九郎兵衛は鋭い目つきで庄左衛門を睨んだ。

「それは、大変申し訳ございません。ですが、娘がどこにいるのかさえ、定かではありません。ここでかえって騒ぎ立てれば、娘の命さえ危ないと思いまして……」

庄左衛門は頭を下げたまま答える。

この様子では、話にならない。

「では、帰るとしよう。とんだ無駄足であった」

九郎兵衛は嫌味っぽく言い、腰を浮かせた。

「あの、松永さま。少のうございますが、これを」

庄左衛門は懐から厚みのある紫色の袱紗《ふくさ》を取り出して、九郎兵衛の前に差し出した。

九郎兵衛は腰を下ろし、袱紗を手にすると、広げた。

中には五両入っていた。

「無駄足を踏ませてしまった分でございます」

庄左衛門は再び頭を下げた。

九郎兵衛は、がばっと摑むと懐に入れ、

「もし、わしが必要とあれば、いつでも声を掛けてくれ」

と、立ち上がった。

「ありがとうございます」

庄左衛門は形ばかり頭を下げているようであった。九郎兵衛が部屋を出ると、弥三郎が表まで見送りに来た。

もう外はすっかり暗くなっていた。道の端々に行灯《あんどん》の灯りが見える。

「松永さま、本当に申し訳ございません。うちの旦那さまが……」

弥三郎は途方に暮れた顔をして謝った。

「さっき、庄左衛門が奉行所を信頼していないようなことをお主は口にしていたが、あれはどういうことだ」

「えっ、聞こえてたんですか」

「まあな」

「旦那さまはとにかく役人が嫌いなんでございます。それもあって、奉行所には頼みたくないと」

「役人が嫌いか。わしと同じだな。昔何か、やらかしたか?」

九郎兵衛は首を微かに傾げた。

「いえ、あの旦那さまに限って、そんなことはないかと思いますが……。旦那さまの昔のことはよくわかりません」

「どういうことだ」

九郎兵衛は弥三郎の言葉に引っ掛かった。

「あの旦那さまは元々『美濃屋』の者ではないのでございます。去年、先代の旦那さまが亡くなられて、そう経たないうちに、二代目として『美濃屋』にやって来たのでございます。旦那さまは先代の娘のおまきさんの後見人となって、娘婿に跡を継がせるための繋ぎ役です」

「ということは、いなくなったおまきは実の娘ではないのだな」

九郎兵衛は確かめた。

「はい」

弥三郎は頷く。

「では、あまり愛情がないのではないか」

そうだとしたら、いなくなっても積極的に探し出そうとしないというのは納得が出来る。

弥三郎は「実は私もそう思っていたんです。やっぱり、実の娘じゃないと……。だから、私が一生懸命探すしかないんです」と厳しい顔で言った。

「庄左衛門は店の者からは慕われているのか？」

「ええ」

「でも、今日の様子では取り付く島がなさそうだな」

九郎兵衛が指摘した。

「少し頑固なところがありまして……」

弥三郎は苦い顔をして言い、

「松永さま」

と、改まった声で呼びかけてきた。

「何だ？」

「もしおまきさんに何かあれば、先代の旦那さまに合わせる顔がありません。何かあったに違いありません。旦那さまはああいう風に仰《おつしや》っていますが、どうか、力を貸しては頂けないでしょうか」

弥三郎が真剣に頭を下げる。

「しかし、旦那がな」

九郎兵衛の腹は決まっているが、わざと躊躇う様子を見せた。

「お願いでございます」

弥三郎は再び頼み込む。

「考えておく」

九郎兵衛はもったいぶって、蒸し暑い夜に向かって歩き出した。

三

同じ日の夜、薄雲が駒三の頭上に広がっていた。

駒三は手下の市蔵《いちぞう》を連れて神田鎌倉町に向かっている。神田鎌倉町御宿稲荷神社の殺しについての探索だ。市蔵は最近駒三の手下になったが、なかなか頭の切れる男で、元は賭場などにも出入りしていた町内の厄介者《やっかいもの》だった。それを駒三が捕り物の見込みがあるからと誘い込んだ。

稲荷の死体の背割羽織は瓢簞《ひょうたん》の紋付で、駒下駄にも同じものが印されていた。さらに、死体の傍には、莨入《ぞうげ》れが落ちていた。莨入れは革で作られたもので、金具は龍の形をしており、象牙の饅頭根付《まんじゅうねつけ》には「太吉郎」という文字が彫られていた。

「この根付は下手人のものかもしれない」

駒三はそう思っている。

下手人を探す前に、死体の素性を調べると、野次馬の何人かが町内に住む藤浪三《ふじなみさん》四郎《しろう》という剣術を教えている浪人に似ていると答えた。

駒三がさっそく道場へ行くと、藤浪の姿はなかった。弟子のひとりに御宿稲荷神社まで来てもらって、顔を検めてもらったら、やはり藤浪であった。

藤浪は自身のことを多くは語りたがらなかったそうだが、元は彦根《ひこね》藩に仕えていて、何か訳があって浪人をしていたそうだ。

鎌倉町に住み始めて二年、『藤浪流』という流派を作った。初めは誰も習いに来なかったが、藤浪の実力は徐々に知れ渡り、今では五人の門弟がいる。

鎌倉町に着いたときに、ぽつりと冷たいものを肌に感じた。それが汗に混じって気持ち悪い。

まず、御宿稲荷神社の鳥居をくぐり、境内《けいだい》に足を踏み入れた。

血は薄くなっているものの、まだ地面に残っていた。

藤浪は余所《よそ》で殺されて運ばれたわけではなく、ここで殺されたものと見られている。また殺されたのは五つ（午後八時）から九つ（午前零時）の間と思われる。刀の傷は背中から斬りつけられたものであり、藤浪は刀を抜いていないところから、不意を襲ったものと見られる。

「親分、近くの賭場を洗ってみましょうか」

市蔵が言った。

「この辺りだと、どこで出来るんだ」

駒三がきく。

「田中《たなか》藩上屋敷の中間《ちゆうげん》部屋です」

「お前も行ったことがあるのか」

駒三が確かめると、

「もちろんです」

市蔵が低く笑った。

「じゃあ、知り合いもいるな」

「ええ、まだあっしが捕り物をしているとは知らねえでしょう」

「そうか。じゃあ、賭場のことはお前に任せる。昨日、藤浪がそこに行っていれば、博打で揉め事があったという線が濃くなる」

「へい」

「とりあえず、いまはこの近くに昨日のことを知っている者がいねえか調べてみよう」

駒三はそう言って、稲荷を出た。

近くには立派な土蔵造りの八百屋や金物屋、蕎麦《そば》屋、べっ甲問屋などが軒を連ねている。

それら全てを回ってきき込みをした。

べっ甲問屋の若い奉公人に殺しのことを訊ねたら、

「えっ、お稲荷さまで！　もしかして、あの時の……」

と、何やら思い当たることがあるようであった。

「何か見たのか」

駒三は、すかさずきいた。

「ええ。昨夜、店が終わって片付けなどをして、かれこれ五つ半（午後九時）くらいにお稲荷さまにお参りに行ったんでございます。その時に藤浪さまをお見掛けしました。誰かと揉めているような感じでして」

奉公人は思い出すように答えた。

「揉めていたのは、どんな奴だ」

「暗かったんで、はっきりとは見えなかったんですが、若い遊び人風の男でしたね。色白で、なかなか整った顔立ちだと思います」

駒三はそれからその奉公人に色々ときいてみたが、他に得られるものは特になかった。

一刻（約二時間）後、市蔵は神田鎌倉町のすぐ近くの田中藩上屋敷の裏手までやって来た。

石ころをぽーんと中に投げ入れる。

しばらくして、裏の戸口から中間が顔を覗かせ、

「市蔵、久しぶりだな」

と、声を潜めて言う。

「ええ、ご無沙汰しております」

市蔵も小声で返して、中間の後に付いて、中に入った。

それから足音を忍ばせて、中間部屋へ向かった。

「どうして、ずっと来なかった？　何かしくじったんじゃねえかと心配していたんだぞ」

「ちょっと身内に不幸がありまして、来られなかったんです。すみません」

市蔵は頭を下げた。

「そうか、こっちこそすまなかったな」

そんなやり取りをしているうちに、中間部屋に着いた。

中に入ると、盆茣蓙《ぼんござ》を囲んで、ざっと十人くらいいた。

浪人もいれば、商人や職人もいる。皆、血眼になって丁半に入れ込んでいた。市蔵は一両を駒に換えて、腰を下ろした。

「どっちも、どっちも」

中盆《なかぼん》の低く立ち込める声が掛かった。

五人が丁方、四人が半方に張った。

「さあ、半方ないか、半方ないか」

中盆がもうひとり探している。

「よし、半に張ろう」

市蔵が駒を置いた。

「揃いました」

中盆が言うと、ツボ振りは右手をツボに置いたまま左手の指の股を大きく開いて手の平は客が見やすいツボの横に伏せた。

「勝負」

中盆の声と共に、ツボ振りがツボを開ける。

半と出た。

市蔵の元に、駒が増えて戻ってきた。久しぶりの博打だったが、この日はツキがあった。いつも以上に勝った。

市蔵は癖でつい夢中になってしまいそうだったので、しばらく盆から離れることにした。すると、顔馴染みの魚屋の主人が近づいてきて、

「久々に来てこんだけ勝つとは、お前何か善いことでもしてきたのか」

と、羨ましそうに声を掛けてきた。

「ただ運がいいだけのことさ」

市蔵は軽く笑った。

「そうかい。俺はここんとこ、毎日ここに来ているんだけど、ずっとダメだ。そのせいで、女房とは喧嘩が絶えねえ」

魚屋がため息をつく。

市蔵はその言葉を聞き逃すことなく、

「毎日来ているのか？」

と、確かめた。

「もう十日連続だ。ずっと負け続けているんだ」

「いつも同じ顔ぶれか？」

「いやその日によって色々だ。毎日来ているのは俺くれえなもんだろう」

「そうか。そういや、藤浪三四郎っていう浪人を知っているか」

「藤浪三四郎？」

「左の頬に刀傷のある浪人だ」

「ああ、あいつか」

魚屋は、そいつがどうしたという風に首を傾げた。

「殺されたんだ」

市蔵は声を潜めて言った。

「えっ、殺された？」

魚屋は目を見開き、

「誰に殺されたんだ」

と、きいてきた。

「いや、まだ下手人はわからないんだ」

「もしかして、あいつが……」

魚屋はぽつりと呟いた。

「あいつって？」

市蔵は探りを入れる。

「昨日、夕方過ぎから藤浪がここにいたんだ。それからしばらくして、太吉郎って男が現れた。太吉郎は藤浪がいるっていうんで、打たずに帰ったんだ。というのも、半月くらい前に、太吉郎が座っていたところに藤浪がやって来て、無理やり太吉郎をどかせて座ったから、太吉郎は文句も言えず藤浪を睨みつけていた」

市蔵は心の中で、「太吉郎！」と思わず声を上げた。太吉郎というと、莨入れの根付に彫られていた名前と同じだ。

「半月くらい前に揉めた時は、どうなったんだ」

市蔵は、さらにきいた。

「さすがに、侍と町人だから、太吉郎が勝てっこねえ。周りの者がうまく収めていたんだが、太吉郎はどうも納得いかねえようだったな」

魚屋は唸った。

「太吉郎もよくこの賭場に来ているのか」

「いや、あいつは方々行っている」

「方々って？」

「さあ。俺が会ったのは、柳橋の剣術道場だ」

「柳橋の剣術道場？」

「ああ、大迫権五郎って元力士の奴を知らねえか」

「名前だけは……」

「あそこで賭場が開かれてるんだ」

「なるほど。お前さんは太吉郎とも親しかったのか」

「いや、それほどでも。だが、池之端仲町《いけのはたなかちょう》の家に一度行ったことがある」

「家に？」

「金を貸していてな。なかなか返さねえから、付いて行ったんだ」

「太吉郎ってのは、金に困っていたのか」

「ああ。元々は『下総屋』っていう醤油問屋の大店《おおだな》の若旦那だったけど、放蕩三昧《ほうとうざんまい》の末に勘当されたそうだ」

魚屋はそう言ってから、

「でも、まさか太吉郎がな……」

と、意外そうに首を傾げる。

市蔵は頃合を見計らって、駒を金に換えてから賭場をこっそりと出た。

遠くから野良犬の遠吠えが聞こえた。


翌日の朝、駒三と市蔵は池之端仲町へ行った。ここは、不忍池《しのばずのいけ》の傍だ。不忍池には蓮の花が水面を隙間なく埋めつくすように咲いていた。

自身番で太吉郎のことを聞き、裏長屋の弦兵衛店《げんべえだな》にやって来た。

長屋木戸をくぐると、顔じゅう皺だらけの年老いた女が、野菜の棒手振《ぼてふ》りから大根を買っているのが見えた。

「この唐茄子《とうなす》も買ってくれませんか？」

棒手振りは笑顔で勧める。

「いらないよ」

女は冷たい口調で断る。

「結構うまいんでございますよ。騙されたと思って、食べてみてください」

それでも、棒手振りが諦めないでいると、

「いらねえって言ってんだろ！　帰れ、帰れ」

女は急に大きな声を出して、大根を頭の上に掲げて、殴りつけるような素振りをした。

「なんだ、この婆は」

棒手振りは驚いたような声を出し、逃げるように立ち去った。

駒三が啞然《あぜん》として見ていると、

「なんだい、お前さんたちは」

その女は睨みつけてきた。

「神田相生町《あいおいちょう》の岡っ引きの駒三親分だ」

市蔵がすかさず言った。

「岡っ引きだって？　わたしゃ、何も悪いことしてないよ」

女は訝《いぶか》しげな目を向ける。

「いや、太吉郎を訪ねて来たんだ。どこに住んでいる？」

「あそこさ」

女は面倒くさそうな顔をしながらも、一番奥の家を指で示して、それから自分の家に入って行った。

市蔵が腰高障子を叩く。

「誰です？」

中から男の声がした。

「市蔵だ」

「市蔵？」

「魚屋の銀介《ぎんすけ》の知り合いだ。ちょっと話があるから、開けてくれ」

腰高障子が開いた。

色白で、目鼻立ちがすっきりとした男が土間に立っている。

「太吉郎だな」

駒三が太い声で確かめた。

「え、ええ……。銀介さんがどうしたんですか」

太吉郎は震える声できく。

「銀介は関係ねえ。藤浪三四郎のことできたいことがあるんだ」

「藤浪って、あの浪人ですか」

「そうだ。自身番まで来い」

駒三は一方的に言い、市蔵が逃げないように太吉郎の袖を摑んだ。

「何するんですか」

太吉郎は抵抗する。

「つべこべ言わずに付いてこい」

駒三と市蔵は太吉郎を挟んで、近くの自身番へと向かった。

自身番にいる者たちに訳を話し、奥の板の間に太吉郎を座らせた。

駒三はその正面に腰を下ろす。

市蔵が襖をしっかりと閉めると、

「六月十四日の夜、お前は何をしていた」

駒三がさっそく切り出した。

「家にいました」

太吉郎は下を向いたまま、小さな声で答える。

「家にいた？」

「はい」

「そんなわけねえだろう。田中藩上屋敷の中間部屋で、お前を見たっていう男がいたんだ」

「あっ、それで銀介……」

太吉郎は、はっとしたように反応する。

「賭場へ行ったな」

駒三は睨みつけた。

「………」

「おい、隠し立てしない方が身のためだぜ」

駒三は重たい声を発する。

ややあって、

「はい」

と、太吉郎が小さく呟いた。

「だが、その日は博打をしねえですぐに帰ったな」

「はい」

「何ですぐに帰った？」

「藤浪三四郎という浪人がいたからです」

太吉郎が弱々しい声を出す。

「その藤浪とは半月くれえ前に揉めているな」

駒三は鋭くきいた。

「あの浪人が自分が座っている場所を取り上げたから、ただ睨みつけただけです。別に揉めたわけじゃありません」

「どうして藤浪を見かけてすぐに帰って行ったんだ」

「面倒なことに巻き込まれたくなかったんです。あの浪人はしつこそうでしたから」

太吉郎は相変わらず駒三と目を合わさずに、小さな声で語った。

「じゃあ、これはなんだ」

駒三は懐から「太吉郎」と記された根付の付いた莨入れを取り出した。

太吉郎は顔を上げて、

「あっ、あっしが落としたもんです！」

と、発した。

「藤浪の死体の傍に落ちていた」

「えっ？　いま死体と仰いました？」

「ああ」

「あの浪人は死んだのですか」

「そうだ。殺された」

「…………」

太吉郎は口を開けたまま、しばらく止まっていた。

「白々しい」

市蔵がぼそっと呟く。

「本当に知らなかったんでございます」

太吉郎は必死に釈明する。

「親分、こんなこと言っていますが……」

市蔵が駒三を見た。

「藤浪という男も質《たち》が悪い浪人のようだった。殺したのには、やむを得ねえ事情ってもんがあるんだろう?」

駒三は太吉郎に優しく語りかける。

「濡れ衣です!」

太吉郎は即座に否定した。

「黙れ! あとは確固たる証《あかし》さえ見つければ、お前を牢にやることが出来るんだ」

駒三は怒鳴りつけると、立ち上がり、

「こいつをしばらくここに閉じ込めておく。こいつの家を調べに行くぞ」

と、市蔵に告げた。

「へい」

市蔵は低い声で返事をする。

それから、自身番に勤めている者たちに太吉郎を見張っておくように言い付けて、ふたりはその場を立ち去り、弦兵衛店に戻った。

太吉郎の家に上がると、中には枕屏風《びょうぶ》と夜具と莨盆くらいしかなかった。台所には洗い残した器や湯呑がそのまま置いてある。

駒三は部屋の中を見回し、まず畳を上げた。

畳の下は板敷になっていて、板も剝がした。手を奥に突っ込んで探ってみたが、何もなかった。

その次に、天井裏も確かめてみた。

だが、凶器と思われる刀は出てこない。

「親分、台所にも土間にもありませんぜ」

市蔵が告げた。

「どこかに捨てたんだな。とにかく、刀を探しに行くぞ」

駒三は勇んで長屋を出て行った。

四

巳之助は菊文字からさっき預かった振袖を手にして、日本橋馬喰町にある知り合いの古着屋の『会津屋』にやって来た。

時折何か買い取ってくれないかという馴染みの客がいて、請け負うとここにやって来て売ることにしている。旦那は十五で会津から出てきた苦労人だ。古物商というと、見倒屋《みたおしや》のような品物を極めて安い値段で買い叩く者が多いが、この旦那は物を売るということはそれだけ金に困っているのだろうから、なるべく高値で買ってあげたいという信念から、自分の利益はあまり考えずに商売をしている。そのためか、四十を過ぎているにも拘わらず、未だに所帯を持っていない。ただ、巳之助はそんな旦那の人柄が好きで、この店は気軽に出入りしている。

ただ、最近は来ていなかったので、店に入って顔を見せるなり、

「巳之さん、どうしていたんだい？　この間会ったときに、鼻声だったから、もしかしてと思ったんだ」

と、旦那が心配そうにきいてきた。

「いえ、そうじゃないんです。ちょっと、忙しくて」

巳之助は軽く頭を下げ、風呂敷包みを旦那に渡した。

「立派な風呂敷だな」

「これは菊文字さんから頼まれたものです」

「菊文字さんって、白壁町に住んでいる常磐津の？」

「そうです。何でも、こちらで着物を買い取ってもらう約束がついているそうで」

「ああ、少し前にしたよ。それをお前さんが持って来てくれたのか」

旦那はにこやかに風呂敷を解き、振袖を見るなり目を丸くして、

「違うものを持って来たんじゃないかい？」

と言った。

「いえ、この振袖をと」

「こんないいものだったのか。もったいないな」

旦那は意外だったようで、目を見開いた。

「金が必要なようでして。でも……」

巳之助はふと言葉を止めた。

「どうしたんだい？」

旦那が顔を上げて、巳之助を見た。

「いえ、旦那、あっしがこの着物の買い取り額を払いますんで、旦那が買ったことにしておいてくれませんか」

「しかし、これは古着でも二十両は下らないぞ。お前さんに、そんな金があるのか

ね」

「菊文字さんを助けてやりたいと思っているけど、なかなか金を受け取ってもらえないという人がいます。その人に訳を話せば、二十両くらいどうってことないでしょう」

巳之助は咄嗟《とっさ》に口から出まかせを言った。

「そうか。で、菊文字さんが振袖が必要になった時に戻してあげるんだな」

旦那が言う。

「そうです」

巳之助は頷いた。

「いや、それなら、私が二十両を出そう」

旦那は思いついたように言い、手文庫から小判を取り出した。

「よろしいんですか？」

巳之助は小判を受け取りながらきいた。

「ああ、あの人を何とか助けてやりたいと思っていたんだ。とりあえず、この振袖代として、その金を届けてやってくれ」

「わかりました。それなら、あっしの方の二十両を加えて、四十両で買い取ったことにして頂けませんか」

「私は構わぬが」

「ありがとうございます。菊文字さんも喜ぶと思います」

巳之助は懐に小判を仕舞い、店を後にした。


それから、巳之助は一度家に帰り、この間『下総屋』から盗んだ二十両を持ち出して、神田白壁町の裏長屋へ行った。

長屋木戸をくぐり、一番奥の菊文字の家の腰高障子を叩く。

中から菊文字が出てきた。

「行ってきました」

巳之助はそう言い、懐から袱紗に包んだ四十両を取り出した。

菊文字は頭を下げながら受け取る。

「随分と重たいですが、こんなに？」

「かなりの代物だそうで、四十両で売れましたよ」

「え？　四十両も？」

「はい」

巳之助は思い切り頷いた。菊文字は改めて袱紗を見て、

「きっと、あの旦那が気を遣ってくれたのですね」

と、しみじみと嚙みしめているようだった。

その時、突然、長屋木戸の方からダダダッと駆ける足音が聞こえてきた。

振り向くと、色白で目鼻立ちがはっきりとした男がこっちに向かってくる。

「あっ」

菊文字が驚いたように声を上げた。

男は家の前に来ると、巳之助がいることも気に掛けない様子で、

「頼む。少しの間、匿《かくま》ってくれ」

と、必死に頼み込んだ。

「何をやらかしたんだい」

菊文字が切羽詰《せっぱつ》まったようにきいた。

「説明している暇はねえ」

「でも……」

「後生《ごしよう》だ」

男は思い切り頭を下げた。

「……………」

菊文字が迷っていると、表通りの方から、

「親分、路地に逃げ込んだんじゃ」

と、いきり立った男の声が聞こえた。

「二手に分かれるぞ」

聞き覚えのある別の男の野太い声がした。

「ともかく、入って」

菊文字が目の前の男に告げた。

「すまねえ」

男は土間に入り、部屋に上がって奥の坪庭に面した障子を開け、身を隠した。それを妹たちが不思議そうに見ていた。

「姉さん、あの人は？」

上の妹が指で示してきいた。

「ちょっと、訳があるんだよ」

菊文字は人差し指を唇の前に持っていく。妹は首を傾げたが、それ以上はきいてこなかった。

長屋木戸の方から足音がする。

顔を向けると、背の高い顎の尖った男が血走った眼で辺りを見回していた。この男はたしか駒三の手下だ。

巳之助と目が合うなり、

「さっき若い男が逃げてこなかったか」

と、きいてきた。

「いえ……」

巳之助は平然と首を横に振る。

「そうですかい」

駒三の手下は走り去った。

巳之助はその後ろ姿を見送ったあと、

「あの人は？」

と、奥の障子の方を見てきいた。

「ちょっとした知り合いでして……」

菊文字は顔をやや俯《うつむ》かせる。

「もう追っ手は去りましたから、教えてやりましょう」

巳之助が言うと、菊文字は頷いてから、

「お前さん、もう平気だよ」

と、奥の障子に向かって話しかけた。

障子がゆっくりと開き、男が出てくる。

「助かった。ありがとよ」

男は菊文字に頭を下げてから、

「口裏合わせて頂いてすみません」

と、巳之助にばつの悪そうな顔を向けた。

「一体、何があったんです？」

巳之助は思わずきいた。

「ちょっと、濡れ衣を着せられまして」

男は険しい顔で答える。

「濡れ衣？」

巳之助はきき返した。

「はい、殺しの……」

男が重々しく答えると、

「えっ、殺しだって？」

菊文字が声を上げる。

「しっ、まだ近くにいるかもしれねえ」

男が木戸の方を気にして言い、

「自身番に連れて行かれたんだ。それで、どう説明しても、向こうはまともに俺の話を聞いてくれねえ。俺と揉めていたりしていた浪人だし、俺の莨入れが死体の傍にあったんだ。ともかく、お前に迷惑をかけるつもりはなかったが、ここに来ちまった。でも、すぐ逃げるから安心してくれ」

男はそう言うと、駆け出して、木戸を抜けて行った。

菊文字は複雑な表情でその後ろ姿を見送っていた。

「あの男と、知り合いのようでしたが」

巳之助はお節介だと思いつつも、つい口にした。

「ええ……」

菊文字は言いにくそうに、顔を俯ける。

「どのようなお知り合いで？」

「まあ、そうですね。何と言いましょうか。昔の話で……」

菊文字は口ごもった。

すぐに、ぴんと来た。

ふたりは以前に付き合っていたのだろう。

「あの方は何て名前なんですか」

巳之助はきいた。

「太吉郎といいます」

「太吉郎さん……」

巳之助が繰り返すと、

「巳之さん」

菊文字は改まって巳之助を見る。

「はい？」

「さっき、あの人は殺しの疑いを掛けられていると言っていましたが、もし捕まってしまったら死罪になるんでしょうか」

「ええ、おそらく」

「そうですか……」

菊文字は沈むような口調で呟いた。顔から血の気が引き、真っ青になっている。

「大丈夫ですか」

巳之助は声を掛けたが、

「ええ」

菊文字は気が気でないように頷く。

「では、今日のところは」

巳之助はそう言って、長屋を後にした。

その日の夜、巳之助は白壁町の『下総屋』にもう一度忍び込んだ。どこで賭場が開かれているか探すのだ。そして、その売り上げを盗み取る。

母屋の天井裏を梁《はり》伝いに進んでいると、「旦那さま」という声と共に、下から襖を開ける音がした。

巳之助は天井板を少しずらし、わずかな隙間から下を覗いた。

十六畳の部屋の奥に五十過ぎの白髪で小太りの旦那と思われる男が座っていて、その正面に三十半ばの男が腰を下ろした。

「番頭さん、やっぱりいなかったか」

旦那が、か細い声できいた。

「ええ、心当たりがあるところを探し回ってみたんですが……」

番頭は首を横に振った。

「駒三親分はもうあいつの仕業と決めつけているようだな」

旦那がため息交じりに言う。

「でも、まさか、若旦那が……。きっと、何かの間違いですよ」

番頭は言い返す。

「いや、どうだろうな」

「だって、いくら放蕩三昧をしていたからといって、人を殺すような悪人ではありません」

番頭は必死だった。

それに対して、旦那は何か言おうと口を開きかけたが、言葉はなかった。

「旦那さまも本気で若旦那の仕業とお思いで？」

番頭は驚いたようにきく。

「いや、まさかあいつがそんなことをするわけはない。だが、つるんでいる連中を一度見かけたが、世辞にもまともな人間とは思えんのだ」

「若旦那に人を殺すような心はありません」

番頭はきっぱりと言った。

「もういい」

旦那は諦めるように言い、煙管《キセル》を取り出して莨を詰めた。それから、火鉢に煙管を近づけ、火を点ける。思い切り吸ったのか、太い煙が天井に向かって、立ち上っていく。

何口か吹かしてから、

「勘当しておいてよかった」

と、重たい口調で呟いた。

「旦那さま、そんなことを……」

番頭は咎めるように言う。

「太吉郎の素行が悪いせいで、世間の顰蹙《ひんしゅく》を買い、根も葉もない噂を広められたりしてきた。いずれ何かやらかすんじゃないかと思っていたんだ」

旦那は灰吹きに煙管の雁首《がんくび》を叩きつけて、灰を落とした。

番頭はじっと聞き入ってから、

「面目ございません」

と、頭を下げる。

「お前さんが謝ることではないよ」

旦那は遠くを見ながら、寂しそうな目をして、もう一服した。

今度はさっきより細い煙が浮かんでいる。

「若旦那は『下総屋』の跡を継ぐために一生懸命商いの勉強をしておりましたのに、

才がないと諦めて、たまたまその時に悪い連中とつるむようになっただけでございます。あの連中さえいなければ、若旦那は元の道に戻ってくるはずです」

番頭は力強く言った。

「しかしだな。あいつはもう家に戻ってくる気すらないだろう。それより、弟の新《しん》次郎《じろう》に任せた方がいい。あいつは体が弱いが、頭はいい。きっと、いい跡取りになってくれるだろう」

旦那は大きくため息をついた。しばらく固まったように動かず、ぶつぶつと何やら呟いていた。

それから、巳之助は店中を探ったが、どこにも賭場は開かれていなかった。

巳之助はもやもやとした心持ちで、その場を立ち去った。

五

満月が朧に霞み、頃合の闇となった頃、九郎兵衛は駒形町《こまがたちょう》の裏長屋の腰高障子を叩いた。

中から足の長い男が出てきて、

「三日月の旦那」

と、にこっと笑いかけた。

韋駄天《いだてん》の半次《はんじ》だ。博打打ちだが、九郎兵衛の弟分のようなものである。

この男は呼び名の通り、足がとにかく速い。どんな場面でも半次が駆け出せば、追いつく者はいない。だから、いくら賭場に踏み込まれることがあっても、一目散に逃げるために、一度も捕まったことがない。

「入るぞ」

九郎兵衛は土間に足を踏み入れ、草履《ぞうり》を脱いで四畳半に上がった。半次の部屋は無駄なものがなく、大きなものといえば、柳行李《やなぎごうり》と枕屏風と布団だけである。あとは、どこで手に入れたかわからないような古そうな莨盆が真ん中にぽつんと置いてある。

九郎兵衛がここに来るときの用件は決まっている。

莨盆の脇に腰を下ろし、

「金になりそうな話があるんだ」

と、声を潜めて言った。

「待ってました」

半次は声を弾ませ、台所から酒の入った徳利と猪口を持って来た。

九郎兵衛は半次から猪口を受け取り、そこに酒が注がれる。半次は手酌で呑み始めた。

「なんだ、この酒。ちょっと甘いんじゃねえか」

九郎兵衛は酒を舐めながら言う。

「伏見《ふしみ》の上等な酒だっていうんで、買ってきたんですがね。すみませんね」

半次は苦笑いしながら、軽く頭を下げる。

それでも、半次はぐいっと呑み干して、また自分の分を注いだ。九郎兵衛は猪口を遠ざけた。半次はそれを見ながら、

「茶でも出しましょうか」

と、きいてくる。

「何も要らん。それより、神田鎌倉町の『美濃屋』って紙問屋を知っているか」

九郎兵衛は単刀直入にきいた。

「ええ、随分と大店じゃねえですか。何か起こったんですかい」

半次は酒を舐めながらきいてくる。

「娘がいなくなった」

九郎兵衛は告げた。

「いなくなった？　どうしてです？」

「わからぬが、家出ではなさそうだ」

九郎兵衛は半次に百日参りの話をしてから、番頭から娘を探し出すように頼まれたが、旦那の庄左衛門は乗り気でないことを話した。

「庄左衛門は三日月の旦那を信用していないんですかね」

半次が首を傾げる。

「そうだろう。ただの浪人と見くびっている」

九郎兵衛はあの時の庄左衛門の顔を思い出して答えた。

「まあ、ああいう大店には用心棒かなんかで雇っている浪人もいるかもしれませんからね。わざわざ三日月の旦那に頼もうって了見にはならねえのかもしれませんね」

半次はそう言ってから、

「でも、弥三郎っていう番頭は頼む気があるんでしょう?」

「ああ、実はな、俺が用心棒をやっていた店に大迫権五郎っていう質の悪い元力士の浪人が来た。それをやっつけたのを見て、弥三郎が俺に娘の話を持ちかけてきたんだ」

「そりゃあ、旦那の刀さばきを見たら、誰だって頼りたくなりますよ」

「まあ、どうであれ、その娘を探し出して、『美濃屋』に戻せば、いくらかは貰えるだろう」

九郎兵衛は改まった声で言う。

「ただの家出だったら、すぐに見つけ出せそうなものなんですがね……。かどわかしかもしれませんね」

「俺もそう思った。お前が前に言っていたよな。ここ半年くらいで何件か、かどわかしがあったのを聞いているって」

「ええ。賭場での噂話でしかありませんがね」

「火のない所に煙は立たぬというだろう?」

「たしかに」

半次は考え込みながら答えた。すでに考えは決まっている。一緒におまきのことを探そうと思っているはずだ。だが、本当に金儲けになるかどうか、頭の中で確かめているのだ。

九郎兵衛は急かさずに待った。

ややあって、半次は甘ったるい酒を口に含み、

「ただ、見つけても、すでにおまきが殺されちまってたら、こっちの骨折り損のくたびれ儲けになるってことありませんかね」

と、心配する。

「もしおまきが殺されていたら、下手人に仕返しをしてやりたいと思うのが人情だ。下手人を暴けば、それだけで金を貰える」

「そういうもんですかね。もし、死体が見つかって、岡っ引きが動けば厄介ですぜ。奴らよりも早く下手人を探さなきゃならねえ」

「岡っ引きなんか大したことはない」

九郎兵衛は自信を持って言う。

「三日月の旦那がそこまで言うなら、付いて行きやしょう。そういや、今夜、鎌倉町の旗本屋敷の中間部屋で賭場が開かれるって誰かが言っていました。さっそく、行ってきやす」

半次は景気付けに一杯ぐいと呷ると、勢いよく立ち上がった。

翌日の朝、からっと晴れて、これから暑くなりそうな陽気であった。九郎兵衛が『美濃屋』の表で待っていると、弥三郎が打ち水に出てきた。

弥三郎は余裕のない表情で、どこか一点を見つめながら、桶から柄杓《ひしゃく》で水を汲んで、辺りに撒いた。

近くに九郎兵衛がいるというのに、まったく気が付かないようだ。

九郎兵衛が弥三郎に手が届くほどまで近づくと、ようやく顔を上げて気が付いたようだ。

弥三郎は手を止めた。よく見ると、目は充血しており、隈《くま》が出来ていた。

「これは、松永さま」

「浮かない顔をしているな」

「そうでございますか？」

「おまきのことだろう」

九郎兵衛は見透かすように言う。

「ええ……」

弥三郎はぎこちなく頷いた。

「庄左衛門はあれから何か言っておったか」

「わしが何とかするから心配するな、と仰っています」

「心配するな、だと？　娘がどうなってもいいと思っているのか」

「いえ、そういうわけでは決してないはずです。松永さまに限らず、誰かに頼んで、万が一おまきさんの身に何かあったら困ると……」

弥三郎は言いにくそうな顔で告げる。

「わしがヘマをすると思っているのだ」

「決して、そんなことは」

弥三郎は必死に否定する。

九郎兵衛はまじまじと弥三郎を見つめてから、

「もし、わしがおまきを見つけ出すことが出来たらどうだ？　庄左衛門はそれでも、わしを邪険に扱うだろうか」

と、静かに重たい声できいた。

「いえ、精一杯のお礼をさせて頂くと思います」

「では、庄左衛門に内緒で探し出すのはどうだ」

「内緒で？」

弥三郎は驚いたような反応をする。

「どうだ」

「旦那さまには何事も報告をするように言われております。もし黙って話を進めたら……」

「しかし、一大事ではないか。旦那がうじうじしている間にも、おまきの命は刻一刻と危険に晒されている」

九郎兵衛は脅し、

「お前はおまきが心配ではないのか」

と、訊ねた。

「それは心配で堪《たま》りません。おまきさんは先代の旦那さまに似て、昔から体が弱かったんです。暑さ、寒さでも体調を崩して、数日寝込むこともよくあります。もし、どこかに連れ去られて、劣悪なところに身を置いているなら、さぞつらかろうと……」


弥三郎の声が震える。

元々赤かった目に、さらに赤みが増した。

「松永さま、おまきさんを探してください」

弥三郎は改めて九郎兵衛を見て、頭を下げた。

「もし見つけたら、昨日言っていた三十両は約束だぞ」

九郎兵衛が太い声で言うと、

「もちろんでございます」

弥三郎は頷く。

「あいわかった」

九郎兵衛は弥三郎と別れた。真っ赤に燃えた太陽を背中に受けて、九郎兵衛はカッと目を開けて歩き出した。

第二章　娘の行方

一

生ぬるい雨が小止みなく降っている。

地面がぬかるんでいて、所どころに水たまりも出来ていた。菊文字《きくもじ》の住んでいる裏長屋の屋根を打つ雨音だけが辺りに鳴り響いている。

神田白壁町《しろかべちょう》の裏長屋の木戸をくぐった巳之助《みのすけ》の体は汗と雨が混じってぐっしょりと濡れていた。

昨日、駒三《こまぞう》の手下が追っていた太吉郎《たきちろう》のことが気になっていた。太吉郎と菊文字の関係はただの知り合いではないように思えた。

巳之助はそんなことを考えながら菊文字の家の前に立ち、腰高障子を叩いた。

「…………」

中から物音がするが、出て来る様子はなかった。

巳之助はさっきより強く叩いた。

それでも、腰高障子は一向に開く気配がない。

「菊文字さん、巳之助でございます」

巳之助は声を上げた。

「鋳掛《いかけ》屋の巳之さん？」

中から、菊文字の妹の高い声がする。

「そうだ」

巳之助が答えると、腰高障子が開いた。上の妹が泣きそうな顔で立っていた。家の中をちらっと覗いたが、菊文字の姿は見えない。

部屋の隅の方では、下の妹がしょんぼりとしている。

「どうしたんだい？　菊文字さんは？」

巳之助は慌てて確かめた。

「さっき、おっかない男の人がやって来て、姉さんは出かけて行ったの。すぐ戻るからって言ったけど、全然帰って来なくて」

妹は消え入るような声で言った。

「おっかない男？」

巳之助はきき返した。

「うん」

「誰かわからないのかい」

「見たことはあるんだけど……」

妹は首を傾《かし》げる。

「どんな人だった？」

巳之助は優しくきいた。

「何か目が細くて、睨みつけているような男と、若い細身の人」

妹はこめかみに指をあてながら、思い出すように言った。

巳之助の頭の中には、太吉郎を追っている駒三と手下の顔が浮かぶ。

菊文字が駒三にしょっぴかれたというのか。

巳之助は裏長屋を離れ、表通りに面している大家の家に裏口から入り、「巳之助でございます。大家さん」と、声を掛けた。

　すると、しばらくして白髪交じりの大家が出て来た。

「巳之さんじゃないかい。随分髪が濡れているじゃないか。大丈夫か」

　大家が手ぬぐいを渡した。

「ええ、すみません、こんな格好で」

　巳之助は髪や顔を拭きながら答えた。

「いいんだよ。それより、どうしたんだ」

「はい、さっき菊文字さんのところに行ったら、ふたりの男がやって来て、一緒に出掛けていったそうなんですが、何か知りませんか」

　巳之助はきいた。

「そのことか」

　大家は大きくため息をつき、

「岡っ引きの駒三親分と、手下の市蔵《いちぞう》とかいう男だよ」

　と、答えた。

「一体、何があったのですか」

　巳之助は身を乗り出すようにきいた。

「昨日、『下総屋《しもうさ》』の勘当された若旦那で、太吉郎って男がこの町内に現れたらしい。太吉郎というのは、先日の御宿稲荷《みしゆくいなり》神社での殺しの下手人として疑われているらしくて、駒三親分は菊文字さんを訪ねてきたに違いないと睨んでいるんだ。菊文字さんは来ていないと否定しているんだけど、駒三親分が信じないんだ」

大家は困ったように眉をひそめた。

「でも、なんで菊文字さんは疑われているんです？」

巳之助が首を傾げると、

「駒三親分が言うには、菊文字さんと太吉郎は昔付き合っていたそうだ。だから、庇《かば》っているんじゃないかって。まあ、酷い言いがかりだな」

大家は複雑な表情をして言う。

太吉郎はやってもいないことで疑われていると言っていた。

あの言葉は本当なのだろうか。

巳之助は、太吉郎が嘘を吐いているのかどうか、わからない。

あの切羽《せっぱ》詰まった様子からは、人を騙すようには思えなかった。ただ、悪い奴ほど、嘘を吐くのが巧い。松永九郎兵衛《まつながくろべえ》なんかは、顔色ひとつ変えずに嘘を吐く。それは巳之助にしても同じだ。

もしかしたら、太吉郎が本当に殺したのかもしれない。それを菊文字が庇っているとしたら……。

喰らいついたら放さないところから、鼈《すっぽん》と渾名されるあの駒三のことである。菊文字のこともただでは済まさないはずだ。

ますます心配になってきた。

大家の元を離れると、近くの自身番へ寄った。

まだ昼間なので、自身番の傍を大勢の者が行き交う。巳之助は裏手に回って耳を澄ましてみたが、話し声が聞こえるものの、内容ははっきりとはわからなかった。

こういう時に、あの地獄耳の九郎兵衛がいたら……。

また夕方になったら、様子を見に来ることにして自身番を立ち去った。

巳之助は気が気でないまま、「いかけえ、いかけ」と声を出して商売に入った。

雨のせいで、同業ばかりか、棒手振《ぼてふ》りなどは全くいない。

巳之助はひと通り商いに回ってから、神田鎌倉町《かまくらちょう》にやって来た。八つ（午後二時）を過ぎた時分であった。

その頃には、雨脚は弱まったが、道は相変わらずぬかるんでいて、足を取られる。辺りを見回しても、棒手振りの姿などは見かけなかった。

御宿稲荷神社の前を通る時に中を覗いてみたが、もう雨が血の跡を綺麗に消し去っている。

閑静なところで人気《ひとけ》がないが、鳥居の奥に浪人らしいふたりの男の姿が見える。ひとりは背が高いが細身で、もうひとりは中背だが、肩幅が広くがっしりとした体つきで、つぶらな目にえらの張った顔だ。

巳之助が歩きながら横目で何となしにふたりを見ていると、がっしりとした方の浪人と目が合った。

その直後に、

「ちょっと、待て」

体格のよい浪人が太い声を上げ、近づいてくる。もうひとりも後ろを付いて来た。

「へい、何でございましょう」

巳之助は足を止め、男を見た。

風格があるので、随分と年上に思えたが、近くで見るとまだ脂切っていないしとやかな肌で、案外若いことがわかった。せいぜい、二十代半ばであろう。巳之助と大して変わらない。後ろにいる背の高い浪人も同じ年くらいであった。

「この間、ここで殺しがあったのを知っているか」

体格のよい浪人がきく。

「えーと、たしか四日ほど前に浪人が殺されていたあの件ですか？」

巳之助は頭の中に瓢簞《ひょうたん》の紋を思い浮かべた。それと同時に、太吉郎の顔も浮かぶ。

「そうだ。知っているようだな」

「ええ。ちょうど死体を検《あらた》めている時に通りかかりましたので」

巳之助は正直に答えた。

「殺されたのは、わしに剣術を教えてくれていた藤波三四郎《ふじなみさんしろう》先生だ。先生のことは知っておったか？」

浪人が訊ねた。

（藤波三四郎……）

巳之助は心の中で呟いた。覚えがある。たしか、鋳掛屋の仕事で回っているときに、聞いた名前だ。殺されたのはその男だったのかと、合点した。

「先生は背中から斬りつけられていた。一刀のもとに斬ることができるのは相当腕が立つ者に違いない」

浪人はそう断言してから、

「どこかの侍が先生の悪口を言っていたとか、恨みを持っているなどということは耳にしておらぬか」

と、鋭い口調できいてきた。

「いえ、悪い噂は……」

巳之助は首を横に振った。

この浪人たちは、太吉郎が下手人として疑われていることを知らないのだろうか。いや、そんなはずはあるまい。死体の傍に「太吉郎」と名前が記された莨《タバコ》入れが落ちていたのは、検分の場にいた者は皆知っていた。当然、駒三が探索しているときに、弟子たちに太吉郎についてきいているはずだ。

太吉郎は濡れ衣だと言っている。

この浪人たちは、岡っ引きが下手人は太吉郎と決めてかかっていることを知った上で、真の下手人を探そうとしているのかもしれない。

巳之助はそのことを確かめたかったが、

「もし藤浪三四郎先生のことで何か聞いたら知らせてくれ。わしはすぐそこの裏長屋に住んでいる杉浦新介《すぎうらしんすけ》だ」

そう言って、杉浦ともうひとりの浪人は巳之助の元を離れた。


暮れ六つ（午後六時）を過ぎると、雨が小降りになった。もう傘を差さなくても気にならない程だ。だが、相変わらずの湿気である。

巳之助は家に帰らず、菊文字の住んでいる裏長屋にやって来た。

腰高障子越しに灯りが見え、中から焼き魚のにおいが漂ってきた。

「菊文字さん」

巳之助は声を掛けて、腰高障子を叩いた。

すぐに障子が開いて、疲れた様子の菊文字が姿を見せた。土間には古そうな七輪が置いてあり、網の上にサンマが三匹載っかっていた。

「さっき、大家さんからお話は聞きました。大変でしたね」

巳之助は労《いたわ》った。

「ええ、まさかこんなことになるとは……」

菊文字は弱々しい声を出し、

「まあ、中へ」

と、誘ってくれた。

巳之助は土間に足を踏み入れ、腰高障子を閉めて、

「岡っ引きは何て？」

と、さっそく切り出した。

「太吉郎さんを匿《かくま》ったに違いないと」

「決めつけているんですか」

「ええ」

菊文字は眉間《みけん》に皺を寄せて頷《うなず》く。

「で、何と答えたんです？」

「匿っていませんと白《しら》を切りました」

「隠したりすると、後でどんなことになるかわかりませんよ」

「はい、わかっています」

「なら、どうして？」

巳之助は菊文字の顔を覗き込むようにしてきいた。

「人を殺《あや》めたのであれば、捕まってしかるべきだと思うのですが、あの時の太吉郎さんは嘘を吐いている目ではありませんでした」

菊文字は不安でいたたまれない表情をしている。

「もしも、太吉郎さんがここに来たことがバレたら、どうするつもりなんですか」

巳之助は心配になってきいた。

「わかりません」

菊文字は首を横に振る。

「下手したら、菊文字さんだって罪に問われるかもしれませんよ」

「ええ……。その時には、覚悟を決めています」

「覚悟って？」

「私が嘘を吐いたことは認めて、あの人は殺していないと言います」

「駒三親分にそれが通用するとは思えませんが」

「でも、やってもいない太吉郎さんを見捨てるわけにはいきません」

菊文字の声が思わず大きくなる。

「……………」

巳之助はすぐに返す言葉が見つからない。

しばらく、黙り込んだが、

「巳之さん」

と、菊文字が改まった声で言う。

「はい」

「太吉郎さんの顔を覚えていますか」

「ええ」

「どこにも行く当てがなく、この辺りに潜伏していると思うんです。もし、太吉郎さんを見かけたら、実家に帰るように勧めてください」

「実家に？」

「はい」

「勘当されたのでは？」

「そうですが、あの旦那は心底優しいお方です。きっと、太吉郎さんが殺しをしていないことをわかってくださいます。旦那も一緒に駒三親分のところに無実を訴え出ればわかってくれると思います。それしか方法がありません」

菊文字が藁をも摑むように言った。

この間、『下総屋』に忍び込んだとき、旦那は本心かどうかはわからないが、勘当しておいてよかっただとか、何かやらかすかもしれないと思っていたなど、太吉郎を下手人と疑っている様子であった。

太吉郎が実家に帰ったら、旦那が岡っ引きに報せて御用になるかもしれない。

「もし、どこかで出会うことがあれば、そう伝えておきましょう。太吉郎さんが頼るとしたら誰か心当たりはありますか」

「そういえば、昔、下男をしていた佐助《さすけ》さんという方が『下総屋』を辞めて、池之端仲町《いけのはたなかちょう》に住んでいると聞きました。太吉郎さんは、佐助さんに色々教えてもらったのだとよく言っていました」

「わかりました。心がけておきます」

巳之助はそう言って、長屋を出た。

外はやけにじめじめと暑く、嫌な汗をかきながら巳之助は自分の長屋に帰って行った。

二

駒三は神田相生町《あいおいちょう》の二階屋に住んでいて、女房に居酒屋を営ませている。その二階の小さな部屋で駒三と市蔵は膝を突き合わせて、御宿稲荷神社の殺しの件を話していた。

六月十七日の夕方、自身番から逃げた太吉郎を追いかけたが、白壁町で見失った。白壁町には、太吉郎が昔付き合っていた常磐津《ときわず》の岸沢《きしざわ》菊文字がいることはわかっている。

「菊文字は太吉郎を見ていないと言い張っているが、やっぱり、俺はどうも信じられねえ」

駒三が重たい口調で呟いた。

「あっしもそう思います。あそこに逃げたのは菊文字がいるからじゃないでしょうか」

市蔵は決めつけている。

「ただ、ふたりが付き合っていたのは昔の話だ」

「ええ、三年前のことです」

「だったら、いまさら庇うこともないのかもしれねえな」

駒三が煙管《キセル》を吹かしながら口にした。

「でも……」

市蔵は納得いかないのか、首を傾げる。

「どうして、別れることになったんだろうな」

駒三はもう一服して考えた。

「三年前というと、ちょうど太吉郎がぐれ始めた頃です。それに嫌気が差したんですかね」

市蔵は言った。

「逆のことも考えられる。別れてから、太吉郎がぐれたってこともな」

「たしかに」

「明日から、そこんところを調べてみるぞ。それによって、太吉郎の居場所の手掛かりが摑めるかもしれない」

「へい。じゃあ、あっしはこれで」

　市蔵は引き上げて行った。


　翌日、駒三は市蔵と共に『下総屋』へやって来た。

　店の間に入ると、商人たちが何人かいて、指を折りながら『下総屋』の手代たちと価格の交渉をしていた。

　駒三は手の空いていそうな若い奉公人を捕まえて、

「番頭はいるか」

　と、訊ねた。

「いま蔵におりますので、すぐ呼んできます」

　奉公人は駆け足で奥に去って行った。それから少しして、番頭と共に戻って来た。

「これは、駒三親分」

　番頭は頭を下げる。

「この間の話だ」

「はい。ここではちょっとあれなんで、奥に」

駒三はこの間と同じ奥の部屋に通された。

ふたりは向かい合わせに腰を下ろすと、

「菊文字という女は知っているな」

駒三がさっそく切り出した。

「ええ、若旦那の昔の……」

番頭は含みを持たせて答える。

「ふたりの出逢いから別れまでを知っているか」

「はい」

「教えてくれ」

駒三が言い付けた。

「そのことに関しては、私よりももっと詳しく知っている者がおりますから、連れて参ります」

と、番頭は部屋を出て、年の頃、二十四、五の男の奉公人を連れて戻って来た。

奉公人は駒三の前に座ると、

「源太《げんた》と申します。若旦那と菊文字さんのことですね」

「ああ、お前がよく知っているそうだな」

「はい、全てではございませんが、勘当された若旦那のお付きをさせて頂いておりまして、悩み事なども色々と聞いておりました」

「そうか」

「少し長くなるのですが……」

源太はそう前置きをして話し始めた。

それによると、いまから四年前、太吉郎が十六歳、菊文字が十五歳の時に遡る。

『下総屋』の旦那は、亡くなった菊文字の父親、文字右衛門《もじえもん》に常磐津を習っていた。文字右衛門は当世一と称せられる常磐津の名手で、この男に習うのには、半紙一枚で二分の金を払わなければならなかった。当然、半紙一枚で覚えられるわけではなく、ひとつ覚えるだけで五両は下らないという。

しかし、『下総屋』の旦那は倅《せがれ》にもどうしても常磐津を習わせたかった。

それというのも、この男の考えでは、商人は物を売るだけが仕事ではない。芸事をして人脈を広げたり、腕前がずば抜けていると噂になる。そうすれば、自ずと仕事にも繋がる。もし、それほどの腕前にならなかったとしても、文字右衛門の弟子というだけで、聞こえがいいという。

　実際に、『下総屋』の旦那も、文字右衛門に常磐津を習い始めたおかげで出来た縁によって、仕事に繋がったという例がいくつもあったそうだ。おりしも、『下総屋』の跡を継ぐために精進している最中だった太吉郎は父親から説得されて、すぐに文字右衛門の稽古を受けることになった。

「若旦那が菊文字さんと深い仲になったのはちょうど、いまのような暑い季節でした」

　源太は思い返すように言った。

　太吉郎はいつものように、稽古のために供の者を連れて、文字右衛門の家へ行った。

　すると、女中が出てきて、

「数日前から先生は戸塚《とつか》の方に行っていて、今日江戸に戻ってくるはずなのですが、おそらく昨日の大雨で足止めを食っているのだと思います。大変、申し訳ございませんが、また改めて来ては頂けませんでしょうか」

と、言われた。

この時、太吉郎はまだ素人《しろうと》に毛が生えた程度であるが、少し上達してきて、習いたい盛りであった。

だが、文字右衛門がいないのなら仕方がない。また後日改めて来ることにしようと思っていたら、二階から三味線の音が聞こえてきた。

「あれは?」

太吉郎が訊ねてみると、文字右衛門の愛娘《まなむすめ》の菊文字だという。娘という割に力強い三味線の音色に惹かれ、

「菊文字さんでもいいですから」

と、稽古を付けて欲しいことを伝えた。

女中は驚いたような顔をしたが、「きいて参ります」と二階へ上がって行った。

それから、軽やかに階段を下りる足音が聞こえてきて、小顔に、くりっとした目で、色が白い可憐な菊文字が現れた。

顔が大きく、ごつごつとした文字右衛門とは似ても似つかない。太吉郎は心を射

貫かれたかのように、固まってしまったそうだ。

「菊文字でございます。何やら、私に稽古をと？」

菊文字がきく。

「是非」

「私は今まで誰にも稽古を付けたことはありませんし、父からはまだまだと言われております。申し訳ございませんが」

菊文字は断ろうとしたが、

「そんなことありませんよ。どうか、お願いします」

太吉郎は頼んだ。

「私には出来ません」

菊文字は遠慮して断ったが、

「どうかお願いです」

太吉郎は引き下がらなかった。

何度か押し問答をしているうちに、菊文字が折れた。それから、太吉郎は菊文字に稽古を付けてもらった。

「お付きの奉公人の話では、三味線の音が止んでも、しばらく若旦那は一階に下りて来なかったそうです」

源太は静かに言った。

やがて、太吉郎が階段を下りて来た時には満面の笑みで、見送りに来た菊文字が名残惜しそうにしていたという。

「でも、奉公人は若旦那から、決して文字右衛門先生の耳に届かないようにと口止めされたそうなんです」

源太が言う。

「口止め？　文字右衛門は太吉郎のことを嫌っていたのか」

駒三は首を傾げた。

「いえ、そうではございません。若旦那のことを良く思っていましたが、菊文字さんには修業を積ませて、自分以上の常磐津の名人になってもらおうと考えているようでした。それには、色恋などもってのほかと、男になびかないように固く禁じていたんです」

源太は憐れむような目をした。

「でも、やがて文字右衛門にバレたのだな」

「はい。それから半年ほど経ってからでした。ずっと、稽古帰りに軽く話したり、文を交わしているだけだったのですが、また文字右衛門先生が戸塚に呼ばれることがありました。その夜、若旦那は私に正直に訳を話して、こっそりと『下総屋』を抜け出したんです。それで、菊文字さんのところに行ったのですが……」

源太は言葉を濁した。

「文字右衛門が帰ってきたのか」

駒三はすかさずきく。

「いえ、違います。文字右衛門先生のお宅の近所の男が偶々《たまたま》若旦那の姿を見かけたらしく、後日先生に告げ口をしたんです」

それを聞いた文字右衛門はかんかんに怒り、太吉郎を出入り禁止にして、菊文字に会わせないようにしたという。

「それが別れの原因です」

源太が静かに告げた。

「それから、太吉郎と菊文字は会っていねえのか」

「勘当されてからはわかりませんが、それまでは会っていないはずです」

「太吉郎の気持ちが冷めたのか」

「いえ、若旦那はそんな冷たい人ではありません。ずっと、菊文字さんのことを想っていましたよ。でも、所詮は叶わぬ恋と諦めて、それ以来賭場《とば》に行ったりと暮らしが荒《すさ》んで行ったんです」

源太は憐れむように言ってから、

「駒三親分、でも、若旦那が人を殺めたなんて何かの間違いだと思うんです。若旦那の莨入れが死体の傍から出てきたと聞きましたが、誰かが若旦那の仕業に見せかけるために置いて行ったとも考えられやしませんか」

と、思い詰めた目を向けてくる。

源太は本気で、太吉郎は無実だと思っているようだ。

「いや、誰だって何かのはずみで人を殺めちまうもんだ」

駒三は低い声で答えた。

「でも……」

源太はまだ何か言いたそうだ。だが、そんな話はいちいち聞いていられない。

「また何かあれば来るから」

と、駒三は『下総屋』を出た。

「親分、菊文字はいま聞いたこと、全く言わなかったですね。ただ、ほんのちょっと浮ついた心で付き合っていただけだって」

市蔵が口を開いた。

「菊文字も太吉郎のことを忘れられねえんだ」

駒三は菊文字の純真そうな顔を思い出して言った。そういう者に限って、恋のためならば何でもするのだと、面倒に思えてくる。

「ただ、菊文字もいま住んでいるのは九尺二間の長屋ですから、太吉郎を匿うこともできないでしょうね」

「ああ、だが俺たちが白壁町へ追いかけて行った時には匿っていたはずだ。また菊文字のところにやって来るかもしれねえな」

駒三が腕を組みながら呟く。

「そういや、あの時、菊文字の傍に二十半ばくらいの男がいましたよね」

「ああ、いたな。道具箱を持っていた」

「もし菊文字が匿っていたとしたら、あの男も見ているはずですね」

「たしかにそうだ。そいつから聞き出した方が早いかもしれねえ。道具箱からして物を売って歩く商いじゃゃねえな。鋳掛屋かもしれねえ」

「ちょっと、そこら辺を詳しく当たってみます」

市蔵は意気込んで答えた。

三

翌日、朝から少し動いただけで汗が出るような暑さであった。九郎兵衛は再び『美濃《みの》屋』にやって来た。店の出入り口付近にいた背が低く、唇の分厚い細目で三十くらいの紺色の法被《はっぴ》を着た男が、

「松永さま、一番番頭さんをお探しでございますか」

と、近づいてきた。

「一番番頭？」

九郎兵衛はきき返す。

「弥三郎《やさぶろう》さんのことです」

「番頭はあいつだけではないのか」

「ええ、ふたりおりまして、私が二番番頭の喜多郎《よしたろう》でございます」

喜多郎は頭を下げた。

そういえば、他の奉公人たちは空色の法被を着ているのに、弥三郎は紺色だったのを思い出した。

番頭は紺色の法被なのだろう。

だが、番頭だからといって、この喜多郎という男に話が通じるとも限らない。

「お前に弥三郎から話が伝わっているのか」

九郎兵衛は確かめた。

「ええ、おまきさんのことで、何やらご協力くださると」

「ああ、そうだ」

九郎兵衛は頷いた。

「旦那さまが申しますには、おまきさんのことはこちらで解決するので、わざわざ松永さまにご迷惑をおかけすることはないとのことです」

喜多郎は丁寧な口調ながらも、追い返すように言った。

「なに、庄左衛門《しょうざえもん》がお前にそんなことを？」

九郎兵衛は睨みつけるようにしてきいた。

「はい」

喜多郎は小さな声で答える。

先日、九郎兵衛が庄左衛門と会ったときには、喜多郎の姿はなかった。あの後、伝えたのだろう。ということは、庄左衛門は九郎兵衛がまた来るということを見越していたのだろうか。

（なかなか鋭い男だ。このような大店《おおだな》の二代目に招き入れられるだけはある）

いくら、弥三郎が九郎兵衛に約束したところで、庄左衛門に反対されては反故《ほご》にされてしまうかもしれない。

「庄左衛門はそんなにわしを邪魔に思っているんだな」

九郎兵衛が凄《すご》んだ。

「いえ、そういう訳ではございません。おまきさんがいなくなったといいましても、ただ家出しただけなのかもしれません。それなのに、あたかも攫《さら》われたかのように話を進められるのは困るのでございます」

　喜多郎は周りに聞こえないように声を潜めながらも、毅然とした態度で言い返す。

　一番番頭の弥三郎はかどわかしかもしれないから探してくれと言っているのに対し、旦那の庄左衛門と二番番頭の喜多郎は九郎兵衛が介入するのを嫌がる。

　本当に、かどわかしだと思っていないのか。ただ単に九郎兵衛に頼むと金を無心されると思って嫌がっているのだろうか。

　それとも、他に訳があるのだろうか。

　喜多郎を睨みつけながらそんなことを考えていると、店の間の衝立《ついたて》の向こうから弥三郎が現れた。

　弥三郎は九郎兵衛を見るなり、

「これは、これは、松永さま」

と、上がり框《かまち》を下りて近づいてきた。

　喜多郎は弥三郎を横目で見て、少し身を引いた。

「どうされましたか？」

　弥三郎が何やら心配そうにきいてくる。

「この間の件だ。話し中というから、ここで待っておったのだ」

九郎兵衛は答えた。

「そうでございましたか。これはお待たせして申し訳ございません。まあ、奥の部屋に」

弥三郎が笑顔を作って、奥に案内した。

振り返ってみると、喜多郎は何か言いたそうにじっと見ていた。

「今日はこちらで」

弥三郎が案内してくれたのは、この間とは違う六畳の部屋だった。

この部屋は外の光も入らない密閉空間だ。掛軸も風流なものでなく、堅苦しい書が飾られている。

部屋の中は蔵のように、むわっと湿気が漂っていて、廊下から聞こえてくる風鈴の涼し気な音だけが心地好い。

九郎兵衛の額に汗が流れる。

「申し訳ございません、こんなところで」

ふと、九郎兵衛の地獄耳に、廊下から微かに息を吐く音が聞こえてきた。息を止めようとしている音である。

九郎兵衛はちらっと廊下の方を見て、

「それにしても、この部屋はやけに暑いな。あそこを開けてくれ」

と、廊下側の襖を指して、小さな声で言った。

弥三郎はさっと立ち上がり、襖を開ける。

二番番頭の喜多郎がいた。

「おい、何しているんだい」

弥三郎が驚いて詰問する。

「いえっ、松永さまにお茶か何かを出そうと」

喜多郎は慌てて言う。

「お茶なんぞ、持っていないではないか」

「いえ、冷たいものと温かいもの、どちらが良いか伺いに参ったのでございます」

喜多郎は苦し紛れに答える。

「どちらも要らぬ」

九郎兵衛は言い捨てた。

「お前さんは仕事に戻りなさい」

弥三郎が続けて、喜多郎に言う。

「はい、失礼致しました」

喜多郎はどぎまぎしながら戻って行った。

弥三郎は襖をぴたりと閉め、

「大変お見苦しいところを」

と、頭を下げた。

「どうやら、庄左衛門はわしをとんだ邪魔者と見ているのか。それとも、他に訳があるのか」

九郎兵衛は訊ねた。

弥三郎は苦しげな顔をしながら、

「ちょっと気になることがあるんです」

弥三郎はぽつりと漏らした。

「なんだ？」

九郎兵衛は膝を乗り出す。

「昨日、出先から帰って来た時に知らない遊び人風の男が店の裏口から出て行くのを見かけたんです。店番をしてもらっていた手代にその男のことを聞いてみると、旦那さまの知り合いだそうなんです。でも、旦那さまにその男のことを伺ってみましたが、何でもないと言うだけでして……」

「怪しいな」

「旦那さまは何を考えているのかわかりません」

弥三郎はため息交じりに、首を横に振った。

「元々、庄左衛門とは仲が悪いのか」

「まあ、そういうわけではないのですが、何と言いますか……」

弥三郎は曖昧に否定する。

「庄左衛門は一年前にこの店にやって来たと言っていたな」

「ええ」

「その前は何をしていたんだ」

「元々は芝神明《しばしんめい》の方で背負いの小間物屋をしていたそうで」

「そんな男が、どうして二代目になれたんだ」

「先代の書付があったのでございます。信頼できる方だということで、何かあったらこの男を『美濃屋』の二代目にするようにと」

弥三郎は説明するが、九郎兵衛は何か引っ掛かった。

「先代は死んだ時、何歳だったんだ」

「四十五でございました」

「そんなに年でもない。それなのに、遺言を残していたのか」

「ええ、体が弱く、持病もあり、お医者さまから五十まで生きられるかどうかと言われていましたから」

弥三郎はそう言ったあと、

「ただ、本当に先代の書いたものなのか」

小さな声で、首を傾げた。

「なに？」

九郎兵衛は、すかさずきいた。

「いえ、何でもありません」

弥三郎は慌てたように首を横に振る。

「遺言は先代が書いたものではないのか？」

「いえ、きっと書いたのでしょう。ただ、ちょっとだけ引っ掛かることがあって」

「何だ？」

「私の思い違いかもしれませんから」

「いいから、言ってみろ」

九郎兵衛は促した。

「その遺言は先代が亡くなられた後、いまの旦那さまが預かっていたと言って持って来たのでございます」

「じゃあ、庄左衛門が勝手に作って持って来たのかもしれないというのだな」

九郎兵衛が指摘すると、弥三郎は廊下の方を気にしながら、

「まさか、そんなことをするはずはないと思いますが……」

と、消え入るような声で言った。

「だが、『美濃屋』の者たちも、そんな遺言を持って来ただけでよく庄左衛門を迎え入れたな」

「ええ、それも不思議で」

「庄左衛門のことは、先代が生きている時から知っていたのか」

「はい、芝神明町で小さな小間物屋を商っていて、うちにも出入りしていたんです。それに、先代とは碁の仲間だそうで、親しくしていました」

「なるほど。だから、庄左衛門がいきなり遺言を持ってやって来ても皆迎え入れたんだな」

九郎兵衛は納得するように頷いた。

「でも、二番番頭の喜多郎が、先代に何かあったときには、いまの旦那さまが跡を継ぐと伝えられていたと言いまして」

「待て。お前は庄左衛門が跡を継ぐことを先代から知らされていなかったのか」

「全く」

「先代とは不仲だったのか」

「いえ、とんでもありません。一番番頭でして、こう言っては大変図々しく思われるかもしれませんが、私ほど先代に気に入られている者はこの店にいませんでした。だからこそ、不思議なのです。遺言の内容については、私に相談しそうなものじゃありませんか」

弥三郎は力説する。

「たしかに、お前が知らないのに、喜多郎が知っているのは引っ掛かるな。喜多郎以外で、そのことを知っていた者は？」

「いえ、おりません」

「内儀《おかみ》は？」

「全く聞かされていないと言っています。でも、先代の遺言なので、形的にはいまの旦那さまと所帯を持つことになりましたが……」

内儀にも知らされていないのは、どういう訳なのだろう。弥三郎は核心を突くようなことは言わないが、庄左衛門と喜多郎が示し合わせたということも考えられなくはない。もし、そうだとしたら、庄左衛門は先代が亡くなったのをいいことに、喜多郎に手助けさせて、店を乗っ取ったのか。

九郎兵衛が考えていると、弥三郎が、

「先代が亡くなってから、新しくあの方が来て、店の中が少しずつ変わっていったんです。いまの旦那さまが悪いというわけではございませんが、慣れ親しんでいないからか、考え方もまるきり違います。おまきさんはただ家出しただけと考えているのかもしれませんが、おまきさんはそのような方ではないのを昔から世話をしていた私が誰よりも知っています」

と、言った。

「かどわかしは、最初からおまきを狙っていたのかもしれない。百日参りをしていることは誰が知っていたんだ」

九郎兵衛がきいた。

「店の者だけです」

弥三郎は小さく答える。

「全員知っていたのか」

九郎兵衛は確かめた。

「ええ、おそらくは……」

弥三郎は表情を強張らせた。おまきが百日参りをしていたと知っている者の犯行だとすれば、店の者、もしくは、店の者からそれを聞いた誰かが起こしたかどわかし、ということが十分に考えられる。

「奉公人でおまきと揉めていた者はいなかったか」

「おりません」

「では、おまきに惚れているような者は？」

「惚れていたとなると……」

何やら思い当たるような口ぶりだ。

「誰だ」

九郎兵衛は矢継ぎ早にきいた。

「うちの奉公人ではないのですが、近所の口入屋《くちいれ》の山吉《やまきち》という若い奉公人が、おまきさんに随分と好意を抱いているようで、何を血迷ったのか、何度か恋文を書いて渡したことがあると聞いています」

「おまきもその男を気に入っていたのか」

「いえ、全く眼中になかったでしょう。それでも、山吉はしつこく付きまとっていたようで……」

「おまきは迷惑していたのか」

「ええ、おそらく。でも、山吉は気の弱い男ですからね。大それたことを出来るような男ではありませんよ」

「でもその男だって、何をしでかすかわからないじゃないか」

「いえ、あの男に限ってありえません」

弥三郎は決めつけるように言った。

「おまきがいなくなったことは、外に知られているのか」

「いえ、店の者たちには誰にも言わないように伝えてあるので、知られていないはずです」

「なら、山吉の耳にも入っていないはずだな」

九郎兵衛は自分で納得したように頷き、

「その口入屋はどこにあるんだ」

と、きいた。

「次の角を右に曲がって、二軒目の左手にあります」

「そうか。また何かわかったら来る」

九郎兵衛は店を出た。

弥三郎に言われた通りに道を進むと、口入屋の看板が見えた。

土間に入ると、番頭風の男が出迎えた。

「いらっしゃいまし」

番頭が話しかけてくる。

「山吉に話があるんだが」

「山吉に？」

番頭は首を傾げた。

「そうだ」

「失礼ですが、あなた様は？」

「松永九郎兵衛だ」

「松永さま、どのようなご用件かお伺いしても？」

「『美濃屋』のおまきのことだ」

九郎兵衛はそれ以上きいても答えぬぞという風に目をきりっとさせて番頭を見返した。番頭は少し驚いたように背筋を伸ばし、

「すぐに連れて参ります」

と、奥へ下がって行った。

ややあって、二十歳そこそこの小柄で顔の整った男がやって来た。

「山吉でございます」

「お前か。おまきに惚れていたというのは」

九郎兵衛は出し抜けにきいた。

「え？」

山吉はうろたえている。

「おまきとは好い仲だったのか」

九郎兵衛は矢継ぎ早にきく。

「いえ」

「お前の片思いか」

「ええ」

山吉は身を縮めて言ってから、

「お侍さんは一体、なんなのでしょう？」

と、訳がわからない風にきいた。

「おまきがいなくなったのは知っているか」

九郎兵衛は一応確かめた。

「え？　おまきさんがいなくなった？」

山吉はわざとらしくきき返した。

「知っていたんじゃないのか」

「いえ、いま初めて聞きました」

山吉は目を逸らして答え、

「いつからいないんですか？」

と、きいてきた。

「数日前からだ」

山吉ははっとしたように、

「まさか、私がやったとでも？」

と、目を剝《む》いた。

「お前がおまきに執拗に迫っていたと聞いてな」

九郎兵衛は静かに言った。

「いえ、私はそのようなことは致しません」

山吉は震える声で思い切り首を横に振ってから、

「実はおまきさんに手出ししないようにと、大迫権五郎《おおさこごんごろう》という柳橋《やなぎばし》で幅を利かせている浪人に言われているんです」

と、ぽつりと言った。

「なに、大迫権五郎？」

九郎兵衛は引っ掛かった。この間、九郎兵衛と刀を合わせた男ではないか。

「大迫は力士のような大きい奴だな」

九郎兵衛は確かめる。

「そうです」

山吉は頷いた。

「なんで大迫が？」

「もしかしたら『美濃屋』の旦那が頼んだんじゃないかと思います。ともかく、大迫が怖いので、おまきさんのことは諦めましたよ」

山吉は少し困ったように答えてから、

「あの、さっき旦那さまに二階を掃除するように言い付けられていますんで、そろそろ戻ってもよろしいですか」

と、首をすくめながら、九郎兵衛の顔色を窺うようにきいた。

「ああ」

また何かあれば、ききに来ればいい。そう思って、九郎兵衛は手の甲で追い払うような仕草をした。

山吉は逃げるように店に入って行った。

「大迫か……」

九郎兵衛は呟きながら、来た道を戻って行った。

四

「いかけえ、いかけ」

巳之助が掛け声を上げながら神田相生町の通りを歩いていると、後ろから人の気配がした。

振り向くと、ふたりの男が巳之助に近づいてくる。岡っ引きの駒三と顎の尖った手下であった。

明らかに、自分のことを尾けている。

巳之助は立ち止まり、

「どうかされました？」

と、何気なくきいた。

「この間、白壁町の菊文字の家にいた時のことだ」

駒三が太い声で発した。

「ああ、はい。あの時、誰かを追っているようでしたけど」

「色の白い二十くらいの男がやって来ただろう」

駒三は決めつけるように言う。隣にいる若い手下も鋭い目つきで睨んでくる。

「この間も言いましたけど、そんな男知りません」

巳之助は惚《とぼ》けた。

しかし、駒三は厳しい目つきのまま、

「そいつは人殺しなんだ。庇う必要なんかねえ。それより、もしそいつを庇っているとわかれば、お前だって罰せられるぞ」

と、脅してくる。

「本当に知りません」

「本当か？」

「もしその男が逃げ込んできたとして、あっしが庇う必要はないじゃありませんか」

巳之助は言い返した。

「いや」

駒三は首を少し傾げ、

「お前さんはよく菊文字のところに顔を出しているそうだな」

と、鋭い目つきで睨んできた。

「はい」

巳之助は小さな声で答える。

「しかも、菊文字から仕事の代金を受け取っていないそうだな」

「ええ……」

「どうしてだ」

駒三は訝《いぶか》しげにきいた。

「あっしは菊文字さんのお父上である、文字右衛門さんにお世話になっていたんです。文字右衛門さんが亡くなって、暮らしが大変な時だからこそ、お代は頂いていないんです」

まさか、駒三がそこまで調べ上げているとは思っていなかったが、巳之助は慌てずにゆっくりとした口調で説明した。

「だが、毎回のことだ。おかしくねえか」

駒三は納得いかないように、さらに訊ねてくる。

「そんなことありませんよ」

巳之助は首を横に振る。

「この間なんかは、振袖を古着屋に持っていってやったそうだな」

「はい」

「いくら文字右衛門に世話になったからと言って、使い走りのような真似までするのは割に合わねえ」

駒三はそう言い捨て、

「菊文字に惚れているな」

と、片眉を上げてきいた。

「いえ」

巳之助が否定しようとしたところに、

「菊文字は逃げ込んできた男と昔付き合っていた。好き同士だったが、親に別れさせられたんだ。お前さんが出る幕はねえんだ」

駒三は言葉を被せた。

「ですから、あっしはそんなんじゃありません」

巳之助は語尾に力を込めて言った。駒三は納得していないようだが、いくら粘っても何も答えないと思ったのか、

「もし、何か思い出したら近くの自身番に伝えてくれ」

と言って、離れて行った。

巳之助は池之端仲町へ差し掛かった。ふと、菊文字が言っていた佐助という下男がこの辺りに住んでいることを思い出した。

近所で、佐助の住まいを聞き、訪ねてみた。佐助は隠居しているらしく、昼間も家にいるようだった。

「あっしは巳之助といいまして、菊文字さんから聞いてここに来ました。太吉郎さんに伝えたいことがあるんです」

巳之助はすぐに切り出した。

「菊文字さんから？」

佐助は値踏みするように巳之助を見てから、

「若旦那はもういませんよ」

「もうってことは、ここにいたんですか」

「ええ、昨日までいたんですが、駒三親分が嗅ぎつけてここまでやって来たんで、いられなくなったんです」

「どこに行ったかわかりますか」

「さあ、少ししたら戻ってくるとは思いますけど、いまはどこにいるのやら……」

佐助は首を傾げた。

「太吉郎さんは随分あなたのことを慕っているようですね」

巳之助は気になってきいた。

「若旦那は下男や女中に分け隔てなく、接してくださいました。あんな優しい若旦那が殺しなんてするはずはありません」

佐助は言い切った。

巳之助は礼を言って、引き上げた。

外に出て、空を見上げてため息をついた。

腹が減ってきたので、近くの神社の裏手の空き地で持って来た握り飯を食べた。

ここは木々に囲まれていて、人通りも少ないので、よく休む時に使っている。

巳之助は握り飯を食べ終えると、立ち上がり、辺りを見回した。

この辺りは人気がなくて、隠れやすいかもしれない。

巳之助はふと思い、鳥居をくぐり、境内《けいだい》に入ったが誰もいない。引き上げようとした時、微かに人の気配を感じた。普段から暗闇の中で盗みを働いている巳之助には些細なことでも違いがわかった。

巳之助は本殿に近づいた。

しばらく様子を窺った。

人の息遣いが聞こえる。

腰をかがめて、床下を覗き込んだ。

薄暗い奥に、色白で、鼻筋の通った顔が見える。

「太吉郎さん」

巳之助は呼びかけた。

太吉郎は体を逆向きにして、這《は》いつくばって奥へ進もうとした。

「大丈夫です。あっしはこの間、菊文字さんのところにいた者で、巳之助といいます」

巳之助はさらに声を掛けた。

すると、太吉郎は諦めたように出てきた。

立ち上がると、着物に付いた土を手で払い落としながら、

「どうして、ここに？」

と不思議そうにきいてきた。

「菊文字さんから佐助さんのことを聞いて、念のために来たんです」

「そうですか」

「佐助さんの家を出たあと、ずっとここにいたんですか」

巳之助はきいた。

「ええ、他に頼るところもないので、しばらくしたら、佐助さんのところに戻ろうと思っていたんです」

太吉郎はそう言ったあとに、

「佐助さんしか、あっしの無実を信じてくれません」

と、悔しさと寂しさが入り混じっているような顔で言った。

「菊文字さんは信じていますよ」

巳之助は優しく言った。

「えっ？　本当ですか」

「ええ、だから助けたんじゃないですか」

「そうですか。信じてくれているとは……」

太吉郎の目は潤んでいる。

「あっしも信じていますから」

巳之助は付け加えた。

　太吉郎は土で汚れた手で目を拭い、

「ありがとうございます」

　と、声を震わせた。

「ともかく、こんなところにいちゃ、いつ見つかるかわかりませんよ。あっしの家に来てください」

「え？　でも……」

「いいんです。捕まってしまったら元も子もないですから」

「ですが、もしあっしが捕まったら、あなたにも迷惑が……」

「それはうまくやりますから。ともかく、暮れ六つ（午後六時）過ぎに、日本橋久《ひさ》松町《まつちょう》の裏長屋に来てください。『山中屋《やまなか》』という料理茶屋の脇の長屋木戸をくぐって、一番奥の左手です。目印に家の前にこの道具箱を置いておきますよ」

　巳之助は言い含めた。

「わかりました」

　太吉郎は有難そうに頷く。

「では、また。お気を付けて」

巳之助は別れを告げて、立ち去った。

暮れ六つの鐘が本石町《ほんこくちょう》から聞こえてくる。近くで野良犬が吠える声もした。

巳之助が行灯《あんどん》が仄《ほの》かに灯る四畳半の真ん中で仕事道具の手入れをしていると、腰高障子越しに人影が見えた。

同時に、コンコンコンと叩く音がする。

「どうぞ」

巳之助が声を掛けると、腰高障子が開いて、太吉郎が入って来た。破れた着物に、血が滲《にじ》んでいる。

「どうしたんです？」

巳之助は太吉郎を見て、腰を浮かした。

「犬にも追いかけられまして。あっしのことを親分から聞いているのかって思いましたよ」

太吉郎は、ため息交じりに苦笑した。

「そこに布巾が掛かっていますから、水に濡らして、血を拭いてください」

巳之助は流しを指した。

「すみません」

太吉郎は軽く頭を下げると、言われた通りに膝の傷口を自分で軽く手当てした。

それから、四畳半に上がって来た。

「その様子だと何も食べていないんじゃ？」

「ええ、そうなんです」

太吉郎は、か細い声を出す。

「ちょっと待ってください。茶漬けくらいしか出せないんですけど」

「もう頂ければ何でも」

巳之助は台所に行き、残った白飯に番茶を注いで、太吉郎の元に持って来た。

「どうぞ」

巳之助が差し出すと、太吉郎は飢えた目を輝かせて、茶漬けを口に流し込んだ。

「うまいです。やっぱり、おまんまが食える有難さって言ったらありませんね」

太吉郎は頬張りながら、笑顔で言う。こんなに幸せそうに飯を食べる人を久しく見ていない。殺しに関して、気になることはあるが、菊文字が言っていたように、人を殺せるような人間ではないのではないかと、巳之助は思った。

「もう何日飯を食っていなかったんです？」

巳之助はきいた。

「丸三日は……」

「あなたみたいな良家の若旦那がそんなご苦労をすることは、いままでなかったでしょう」

巳之助がそう言うと、太吉郎は箸を止め、

「菊文字が言っていましたか」

と、改まった声で言った。

「ええ」

巳之助は頷き、

「あと駒三親分が、太吉郎さんと菊文字さんは互いに好き同士にも拘わらず、別れる羽目になったと言っていましたが」

と、探りを入れた。

「その通りです」

太吉郎は力なく頷く。

「菊文字さんは、太吉郎さんを悪くさせてしまったのは自分だと後悔していますよ」

巳之助は教えた。

「そうだったんですか……」

太吉郎は肩を落として言い、

「でも、違うんです」

と、否定する。

「違う?」

巳之助はきき返した。

しかし、太吉郎は何も答えない。箸を止めたまま、険しい表情で俯《うつむ》き加減に、どこか一点を見つめていた。

「どういうことなんですか」

巳之助は太吉郎の顔を覗き込むようにしてきいた。

「大したことじゃないんで」

太吉郎は巳之助と目が合うと、顔を背ける。

「教えてください」

それでも、巳之助は言った。

「巳之助さんが聞いたところで、どうって話じゃありませんよ」

太吉郎は言いたがらない。

巳之助は咳払いをしてから、

「あっしは菊文字さんの父上の文字右衛門さんにお世話になったんです。だから、その娘である菊文字さんが困っているとなれば、助けてやりたいんです。菊文字さんはあなたが無実の罪で捕まらないかどうか心配しています。いまからでも遅くないから、実家に帰って、父親と一緒に駒三親分のところへ釈明しに行った方がいいと考えているんです」

「でも、親父はあっしのことをもう見捨てているでしょう……」

太吉郎は寂し気に言う。

「正直、太吉郎さんがどうして勘当されるようなことをしたのか理解できません。あの菊文字さんが好きになった太吉郎さんだから、まさかそこまでの悪人ではないと、あっしは思うんです。それに、菊文字さんはまだ太吉郎さんのことを想い続けていますよ」

「えっ？」

「本人の口から聞いたわけではないですが、あっしにはわかります」

巳之助は真面目な表情で言った。

「そうですか……」

太吉郎は少し考えてから、

「実はあっしはわざと勘当されるように仕向けたんです」

と、漏らした。

「わざと？」

巳之助は膝を乗り出す。

「ええ、あっしの弟が関係しているんです。まあ、血が繋がっていないんですが」

太吉郎は言葉を選びながら答えた。

「腹違いで？」

巳之助はきく。

「いえ、あっしが『下総屋』に養子にもらわれたんです。話せば長くなるんですが……」

太吉郎は前置きをして、話し始めた。

元々、『下総屋』の旦那太右衛門《たえもん》には子どもが出来ずに、遠い親戚であった太吉郎を養子として迎えることにした。その時、太吉郎は五つであった。太右衛門は、まるで血の繋がった我が子のように太吉郎を可愛がり、幼い頃より剣道、俳諧、茶道など、ありとあらゆるものを習わせ、商人になるための勉強もさせていた。

しかし、太吉郎が十五歳の時、養母が死に、太右衛門は後添えをもらうと、すぐに男の子が出来た。それが太吉郎の弟、新次郎《しんじろう》である。

「親父は新次郎が生まれてからべったりで、『下総屋』の者たちも陰では実の息子の新次郎を跡取りにした方がいいって言い出したんです」

太吉郎は寂し気な目をした。

そして、さらに続けた。

「そんな中、下男の佐助さんだけが味方になってくれましたけど、あっしは『下総屋』に居場所がなかったんです。だから、なるべく家にいたくなくて、常磐津を習うという名目で、出かけていたんです。それで、菊文字と懇意になったんですが、まあ親の反対に遭って、別れる羽目になりました。でも、菊文字の為にも別れたことは正解でした。あっしと付き合って、あいつの芸がダメになっていく気がしたんです。で、その時に、思いました。好きな女をダメにするような男では、到底『下総屋』という大店を継ぐことは出来ないと。跡取りを弟に譲るために、あっしは勘当されようと思ったんです」

太吉郎は語り終えてから、

「あっしはかなり親不孝なことはしましたが、決して人を殺めるようなことはしていません」

と、澱みのない眼差しで訴える。

「ええ、信じています」

巳之助は頷いた。

「でも、もうあっしはお終いです。江戸を離れるしか……」

太吉郎は苦しそうな表情を浮かべて、うなだれた。

太吉郎は下手人ではない。何の証《あかし》があるわけではないが、巳之助の考えは揺るがなかった。

「真の下手人を探せばいいんじゃないですか」

巳之助は言葉を発した。

「でも、探すことなんて……」

太吉郎は弱気な声を出す。

「あっしが見つけてみせます」

巳之助は力を込めた。

「そんなことできますか？」

太吉郎は疑うように言ったが、少し迷った挙句に、

「わかりました。お願いします。あっしも戦います」

と、気張って言った。

五

昼四つ（午前十時）の鐘が鳴る。筋違橋《すじかいばし》から浅草橋の神田川沿いに植えられてい

る柳がそよ風になびいている。真昼でも、この辺りは大川（隅田川）の風が入り込んで、日陰にいると暑さが幾分和らぐ。

神田川には荷物を積んだ舟が行き来している。舟宿では窓を大きく開けて、もろ肌を脱いだ男たちが団扇《うちわ》で煽ぎながら、楽しそうに話し合っていた。どこからか三味線の音が流れ、風呂敷包みを手にした芸者たちの姿も見えた。

九郎兵衛はその風景を横目に、日の当たらない軒下を、川下に向かって歩いていた。その半歩前を半次《はんじ》が歩いて道案内している。

「次の角を左です」

半次は指で示した。

ここ数日、賭場に入り浸り、大迫権五郎のことを調べてくれていた。以前、大迫と対峙《たいじ》した時には、柳橋では名を知らない者はいないなどと豪語していたが、あながち間違いでもなさそうだ。乱暴者で、怒ると手が付けられないところから迷惑がられているが、その一方で何か厄介事《やっかいごと》があった時には進んで片付けてくれるような親分肌の一面もあるという。

特に定まった仕事をしているわけではないが、方々で揉め事を解決したり、仲裁に入ったりして気ままな暮らしをしている。その中で、『美濃屋』とも付き合いがあるそうだ。月に数度は『美濃屋』に出入りしているのを見かけると、近所の金物屋の主人は言っていたそうだ。

九郎兵衛と半次が次の角を曲がって横丁に入ると、

「旦那、ここです」

と、半次がとば口の新しそうな居酒屋を指した。

九郎兵衛は軽く頷き、戸を開いた。

小上がりで、胡坐《あぐら》をかきながら、団扇で煽ぎ、大声で話し合っている三人の男たちの姿が見える。ひとりは大迫で、あとのふたりはこの間、九郎兵衛が追い払ったごろつきであった。

九郎兵衛は勝手に上がり、大迫の横に座った。

「なんだ、お前は」

大迫は横目で九郎兵衛を見て、怒鳴った。

「俺だ。覚えていないか」

九郎兵衛は短く答える。

「ん？」

大迫はきつい目つきで睨みつけるなり、

「あっ、あの時の！」

と、目を剝いた。

「ちょっと話があるんだ」

九郎兵衛は重たい声で言う。半次は店の主人に酒を持ってくるように頼んでいた。

「何の話だ」

大迫は警戒するようにきく。仲間のふたりはいつでも逃げられるようになのか、片膝を立て、畳に手を置き、腰を少し浮かしている。

「『美濃屋』のことだ」

九郎兵衛は言った。

「なんで、そんなことを俺にきくんだ」

大迫の目が泳いでいる。

「お前は庄左衛門と繫がっているだろう？」

九郎兵衛は鋭い目で睨みつけながらきいた。

「…………」

大迫は答えない。

他のふたりの顔も見たが、知らないとばかりに思い切り首を横に振っている。

九郎兵衛はひと息置いてから、

「山吉という男を、おまきに近づかないように脅したそうだな」

と、低い声で言った。

「あれは……」

大迫は口ごもった。

「え？　どうなんだ？」

九郎兵衛は責めるように大迫を見る。

「あまりしつこかったんで、見かねて注意しただけだ」

大迫は強張った表情で言い返す。

「山吉は気の弱そうな男だろう？　そんな乱暴な真似をするのか」

「あいつは見かけによらねえんだ。少しくらい脅かさないとダメなんだ」

大迫はあくまでも自分は悪くないと強調する。

「まあ、いい。『美濃屋』とは他にも関係があるんだろう?」

九郎兵衛は、改めて睨みつけた。

「ああ」

大迫は曖昧に頷く。

「じゃあ、娘のおまきがいなくなったことは知っているか」

「噂でそんなことを聞いたことはある」

「噂? お前が行方を知っているんじゃないのか」

九郎兵衛は吹っかけた。

「冗談じゃねえ、何で俺が!」

大迫はむきになる。

「庄左衛門は何かあったら、お前を頼っているようじゃねえか。おまきがいなくなったんだから、何か言ってきただろう」

九郎兵衛は決めつける。

「『美濃屋』の旦那くらいになれば、俺以外にも頼る者がいくらでもいるはずだ。俺んとこに頼るとしても、些細なことばかりだ」

大迫は必死に言い訳する。

「山吉を脅すくらいのことなら引き受けるってわけか」

九郎兵衛は独り言のように呟いた。

「あの旦那は関係ない。俺が勝手に山吉の態度を見かねてやったんだ」

大迫はそう言ってから、

「お前さんは何を探りに来たんだ。『美濃屋』のことをききたいという割には、話が読めねえ」

と、逆にきいてきた。

「おまきがいなくなったから、その行方を探している。色々調べたら、おまきに付きまとっていた山吉をお前が脅して、二度と近づけないようにしたと聞いた。『美濃屋』からおまきのことで、相談されたんじゃないかと思ってな」

九郎兵衛は正直に話した。

「そうか。山吉のことで、調べているわけじゃないんだな」

大迫は安心したようにため息をついた。

「どうして、山吉のことにこだわる？」

「執拗に脅しちまったから心配していた」

大迫は苦笑いした。

「山吉が誰かを雇って仕返しに来ると思っていたのか」

「いや、それより、勝手に山吉を脅したことが旦那にバレるとまずい。あの旦那のことだから、あまり物騒なことは嫌がる」

大迫は硬い表情で言う。庄左衛門のことを恐れているようにも感じられた。

「庄左衛門とはどれくらいの付き合いなんだ？」

「一年くらいだ」

「『美濃屋』にやって来る前からの知り合いではなかったのか」

「全く知らなかった」

「それまで庄左衛門は何をしていたのかも知らないのか」

「詳しくは知らねえが、芝神明町で小間物屋をしていたと先代から聞いている」

「先代？　お前さんは先代とも親しくしていたのか」

「世話になっていた」

「どんなことでだ」

九郎兵衛は矢継ぎ早にきく。

大迫は少し顔を歪めながらも、

「金に困って、金を持っていそうな商家の旦那を強請《ゆす》ろうとしたことがある。そしたら、その相手が先代で、人の道を説かれたんだ。さらに、十両の金と用心棒のような仕事もくれるようになった。まあ、先代には用心棒なんか必要ねえが、仕事をくれるためにあえてそうしたんだ」

と、答えた。

「じゃあ、『美濃屋』とは長い付き合いな訳だな」

九郎兵衛は呟き、

「庄左衛門と先代なら、どっちがいい？」

と、唐突に訊ねた。

「え？　どっちもいい人だけど」

「庄左衛門は少し冷酷ではないか？」

「冷酷？」

「娘が突然いなくなったのに、ちゃんと探そうとしない」

「旦那には、旦那の考えがあるんだろう。旦那はいい方だ」

大迫は取り合わない。

「番頭の弥三郎は、自分の娘じゃないからそんなに可愛くないのだろう、と言っていた」

「番頭がそんなことを？」

大迫が眉間に皺を寄せ、

「あの男のことは信じない方がいい」

と、忠告してきた。

「どうしてだ」

「何となく」

大迫が大真面目な顔で答える。

「お前はあの番頭が嫌いなようだな」

九郎兵衛は皮肉っぽく笑った。

「ともかく、あの番頭は裏がありそうだ」

「そうか」

九郎兵衛は軽く受け流した。

大迫は顔をしかめたが、ふと思い出したように、

「そういや、誰か船頭がちょっと前に変なことがあったって言っていたな。もしかしたら……」

と、口にした。

「何だ？」

九郎兵衛はきく。

「四つ（午後十時）くらいに、三十過ぎの役者風の男と若い娘がやって来て、急ぎの用があるから舟を出してくれと言われたらしい。だけど、夜も遅いし、面倒だから断ったみたいだ」

「そのふたりはどこまで行こうとしていたんだ」

「わからねえ」

「その船頭の名前は？」

「それも、わからねえ」

大迫は首を横に振った。

「そうか」

九郎兵衛は腰を上げ、店を出て舟宿へ向かった。

第三章　駆け落ち

一

苛烈な太陽が通行人を痛めつけるように照りつける。九郎兵衛《くろべえ》は全身に汗を滲《にじ》ませながら、柳橋《やなぎばし》の舟宿を順に回っていた。大迫権五郎《おおさここごんごろう》が言う、三十過ぎの役者風の男と若い娘の姿を見たという船頭は見つからなかった。

半ば苛立ちながら、次の舟宿へ向かった。

入り口の柱には屋号が入った行灯《あんどん》が掛けられている。店の前の河岸《かし》に停泊している猪牙舟《ちょきぶね》は大分使い込んでいるのか黒くなっていたが、汚らしい感じはしない。

「猪牙舟」と書かれた油障子を開けて、土間に入った。縁起棚を飾った店座敷で、おかみが退屈そうに莨《タバコ》を吸っていた。鼻が高く、横顔がすっきりしていた。白髪は交じっているが、若い頃は色っぽかったような面影がある。

おかみは九郎兵衛に気が付いて、煙管《キセル》の雁首《がんくび》を灰吹きに叩きつけ、

「いらっしゃいまし」

と、にこやかに出迎えた。

「すまん、客じゃないんだ。ちょっとききたいことがある」

九郎兵衛は初めに断った。

「なんでしょう？」

おかみが笑みを引っ込めて言った。

「六月十二日の夜四つ（午後十時）くらいに、三十過ぎの役者風の男と若い娘が舟を出してくれとやって来なかったか」

九郎兵衛は切り出した。

「えーと、どうだったか……。奥に船頭がいるんで、連れてきます」

おかみは奥に向かって、

「ちょっと、いいかえ」

と、声を張り上げた。

「へーい」

それから、すぐに下っ腹に帯が食い込んでいる大柄の男が寄って来た。

「こちらの旦那がききたいことがあるそうなんだ」

おかみが面倒くさそうに伝えた。

九郎兵衛がさっきと同じことを訊ねると、

「いやあ、知りませんね」

船頭は首を傾《かし》げた。

「そうか」

「何かお調べになっていることでも？」

船頭が気にしてきいた。

「大したことじゃないが、ちょっと知り合いでな」

九郎兵衛は誤魔化《ごまか》した。

「そのふたりは舟に乗って行ったんですか」

「断られたそうだ」

「そりゃあ、そうでしょう。そんなに遅くだと面倒ですからね。まあ、あっしだったら遅くても行きますけどね」

船頭は微かに笑う。

「ここにはお前以外に船頭はいないのか」

九郎兵衛は確かめる。

「いますけど、いまは皆出払っています」

「他の者たちは、さっき言ったようなことを口にしていなかったか」

九郎兵衛は念のために確かめる。船頭は、

「いえ、聞いていませんね。でも、六月十二日の夜四つ（午後十時）くらいですよね？」

と、きいた。

「ああ」

「たしか、その日は五つ（午後八時）くらいから九つ（午前零時）過ぎまで、川沿いに縁台を出して、友達と呑んでいたんです。でも、夜に出る舟なんてありませんでしたけどね」

船頭は顎に手を遣り、答える。

「暗いからわからなかったということもあるだろう」

「いや、わかりそうなものなんですけどね……。舟が出て行く様子はありませんでした」

船頭は首を傾げた。

「まあ、いい。他を当たるから」

九郎兵衛は会釈して、舟宿を出た。

隣の舟宿に入ろうとした時、少し先に大柄な浪人が見えた。大迫権五郎だ。

大迫は近づいてきて、

「俺が言った船頭を探しているのか」

と、きいた。

「ああ」

九郎兵衛は短く返事をする。

「どうして、他人事《ひとごと》なのにそこまで懸命に調べているんだ」

大迫は探るような目つきをした。

「…………」

九郎兵衛は答えない。

「もし、俺に手伝えることがあれば何でもする」

大迫はやけに親切に言ってくる。だが、過去に痛めつけた男の態度が急に変わるのが、妙に気になった。

「もしその船頭がわかったら、お前さんに報せに行く」

大迫が食い気味に言った。

「なんでそこまでしてくれるんだ」

「俺もおまきのことが気になって」

大迫はそう言うが、にわかには信用できない。

「本気か？」

「もちろん。どこに住んでいるんだ」

「田原町《たわらまち》だ」

「で、田原町のどこだ」

大迫は、さらにきいた。

「いや、俺の方から聞きに来るからいい」

九郎兵衛は逃れた。

「教えたくないってわけか」

大迫は苦笑いする。

「じゃあ、また」

九郎兵衛は手を上げて大迫と別れた。

それからすぐに、

「三日月の旦那」

と、後ろから透き通るような若い男の声がした。振り返ると、先を散らした気取った髷《まげ》に、白地に紺の浴衣を緩く着た女好きのする眉目《びもく》の若い男がいる。

浮名《うきな》の三津五郎《みつごろう》だ。

この男は、女に貢がせたり、別れるのに金が必要だと言ってせびったりするような小悪党だ。

「何を調べているんですか」

三津五郎は探るようにきいた。

「いや、何でもない」

九郎兵衛は一蹴した。

「そんなことないでしょう。あっしはさっきからずっと尾けていたんですぜ。もう舟宿を何軒も回っているじゃないですか。それに、いまあの大きな体の浪人とも何やら話していましたし」

三津五郎はニタニタしながら言い、

「で、今度は何を企んでいるんです」

と、食らいつくようにきいてきた。

「…………」

九郎兵衛は無言で三津五郎を睨みつけた。

「そんな怖い顔をしていないで、教えてくださいよ」

「大したことじゃない」

「そんなことないでしょう。旦那が目を付けるくらいだ」

「しつこいな」

「おいしい話は山分けしなきゃいけませんぜ」

三津五郎は、ニヤッと笑った。今回はそこまで金になる話ではない。半次《はんじ》とふたりで出来る仕事だし、三津五郎を加えると、分け前が減るだけだ。

「また何かいい話があれば伝える。だから、今回は構うな」

九郎兵衛は追い払うように、きつく言い付けた。

三津五郎はそれでも引き下がらず、

「旦那、そりゃないですぜ。仲間じゃありませんか。あっしの取り分が少なくても構わねえんで、一緒にやらせてくださいよ。最近、退屈で仕方ねえんです」

三津五郎は珍しく困ったような顔をした。

「そんなに仕事がねえのか」

「そうなんです。最近、しけてて……」

「しょうがねぇなぁ」

九郎兵衛は舌打ちしてから、

「十両にしかならねえ仕事だぞ」

と、わざと謝礼の額を低く伝えた。

「構いません」

三津五郎は喜んで答える。

「お前にやれるのは、一両くらいしかないぞ」

「まあ、そんなこと言って、実際に貰えるのはその倍以上はあるんでしょう?」

三津五郎は急に顔つきを変え、嫌味ったらしく言った。

「いや」

「旦那がたった十両の金で仕事を引き受けるはずはねえ。二十両でも、ちと少ねえ気がするな。低く見積もっても三十両。違いますかい?」

三津五郎は見透かすように言う。

「うるさい奴だ」

九郎兵衛はため息をつく。

「でも、あながち間違いじゃねえでしょう。あっしは旦那のことなら何でもわかるんですよ」

三津五郎は得意そうな顔を向けた。

図星だ。三津五郎め。俺のことをすっかり見抜いてやがる。

九郎兵衛は内心で舌打ちして、

「あまり騒ぐと仲間に入れねえぞ」

と、言い付けた。

「へい、大人しくしますよ」

三津五郎はいたずらっぽい笑みを浮かべ、

「で、何を調べてるんです？」

と、きいてきた。

九郎兵衛はおまきがいなくなったことから、『美濃屋《みの》』の先代、旦那の庄左衛門《しょうざえもん》、番頭の弥三郎《やさぶろう》のこと、さらには大迫権五郎のことまで話し、

「大迫がどこかの船頭から、六月十二日の夜四つ（午後十時）くらいに、三十過ぎの役者風の男と若い娘が舟を出してくれと頼みにやって来たという話を聞いたんだ。その船頭を探している。柳橋で色々とき込んでみたんだがな……」

と、軽くため息をついた。

「わかりました。じゃあ、あっしはあっちの方を探ってみます」

ふたりは左右に分かれて、きき込みを再開した。

それから四半刻（約三十分）後、九郎兵衛が何の手掛かりも摑めないで舟宿を出ると、角から三津五郎が飛び出してきた。

「あっ、旦那。よかった、わかりましたぜ」

「本当か」

「ええ、こっちです」

九郎兵衛は三津五郎の後ろを歩き、神田川沿いを大川（隅田川）にぶつかる手前まで行った。大きな舟宿の前には、何艘も猪牙舟が留まっており、そのうちのひとつで、日に焼けた二十代前半の男が鉢巻きをして、もろ肌を脱いで掃除をしていた。

「この男です」

三津五郎が指で示すと、船頭は声に気が付いたようで振り向き、

「六月十二日のことをお調べになっているそうで？」

と、眩しそうに手をかざしながらきいた。

「そうだ。三十過ぎの役者風の男と若い娘に話しかけられたんだな」

九郎兵衛がきくと、

「ええ、そうです」

船頭は猪牙舟から岸に飛び移った。

「どんな人相だ？」

「浪人は背が高くて、きりっとした切れ長の目でしたね。娘は色白で品のある、いかにも良家の娘って感じです」

　船頭は思い出しながら答え、

「でも、断りましたよ」

と、あっけらかんと言った。

「どうしてだ」

「そりゃあ、あんな夜遅くですからね」

「夜遅くに舟を出すことはないのか」

「いえ、なくもないですが、ちょっと怪しかったですからね」

「怪しい？　どんな風にだ」

九郎兵衛は矢継ぎ早にきいた。

「何と言いますか……」

　船頭は癖なのか、言葉の端々に「えー」とか、「あー」などと挟みながら、浪人に「国許の父が危篤なので、すぐに帰るようにと文が届き、妹と一緒に帰りたいのだ」と言われた、と語った。

「ふたりの顔はまるきり似ていませんでしたし、もしかしたら駆け落ちするんじゃないかとも思いました。まあ、浪人と良家の娘じゃ、結ばれない定めでしょうから、下手したら相対死《あいたいじに》ってことも考えたんです」

「断った後、そのふたりはどうしたんだ」

「両国《りょうごく》橋を渡って行ったはずです。でも、詳しいことはわかりません」

他にも色々と訊ねてみたが、それ以上のことはわからなかった。

「ありがとよ」

三津五郎が礼を言って、ふたりは両国橋へ向かって歩き出した。日がだいぶ沈んできていて、両国広小路《ひろこうじ》に人出が増えだした。屋台の蕎麦《そば》、寿司、天ぷらのにおいが入り混じり、通行人もそのにおいに釣られるように、立ち寄って行った。

「旦那、腹ごしらえしませんか」

三津五郎が腹をさすって言う。

ちょうど、九郎兵衛の腹の虫も鳴っていた。

「じゃあ、そこの蕎麦屋でいいな」

九郎兵衛が入ろうとしたが、

「いえ、天ぷらにしましょう」

三津五郎が向かいの屋台を指した。

「こんな暑いのに、天ぷらは重い」

九郎兵衛はそう言ったが、

「そんな弱気なこと言わないで。がつんと食わねえと、仕事が出来ませんよ」

三津五郎はどうしても譲りそうにない。

ここで言い争っていてもみっともないので、

「全く、前にも増して図々しくなったな」

と、嫌味を言いながら、天ぷらの屋台に入った。

先客が二組いた。

油の入った鍋からは竹串が何本も飛び出していた。九郎兵衛は小鰭《こはだ》の天ぷらが刺さった串を取り、口の中に入れた。

「ああ、うめえ」

隣で三津五郎が嬉しそうに声を上げる。

三津五郎は天ぷらを噛みしめながら、

「旦那、浪人と一緒にいた娘がおまきですかね」

と、言ってきた。

「そうかもしれねえな」

「あの船頭の話だと、かどわかしっぽくはないですがね」

「そうだな。そこが気に掛かる」

「まあ、でも両国橋を渡って、どこへ向かったんでしょうね」

三津五郎はさらに次の竹串に手を伸ばして言った。

「葛西《かさい》か……」

九郎兵衛も、次の天ぷらを取りながら呟いた。

かどわかしなら、身代金を要求しているわけでもないので、どこか遠くの女郎屋におまきを売り飛ばすのだろうが、もしも駆け落ちだったとしたら……。

いずれにせよ、江戸を離れるつもりに違いない。向島《むこうじま》では近すぎるし、少なくとも葛西辺りまでは逃れるだろう。

旦那の庄左衛門がただの家出かもしれないと言っていたが、好きだった男の存在を知っていたのだろうか。

「じゃあ、葛西に向かってみますか」

三津五郎がきいてきた。

「いや、まだ葛西かどうかわからない。何の証《あかし》もないのに決めつけて、もしも違うとなると手間になる。まずは両国橋を渡った先でき込むんだ」

九郎兵衛は言った。

「結構、手間がかかりそうですね」

三津五郎が少し面倒くさそうな顔をする。

「まあ、仕方ない」

「それなら、小春《こはる》にも頼みましょう」

三津五郎は当たり前のように言う。

「小春に？」

九郎兵衛はきき返した。

小春とは、小梅《こうめ》村に住む腕利きの女掏摸《すり》だ。小春とも何度か一緒に仕事をしたことがある。

「あいつも最近暇しているようですぜ」

「…………」

「じゃあ、後で小春に頼みに行ってきます」

三津五郎が勝手に話を進めたが、九郎兵衛は何も答えなかった。

たしかに、人手が多い方が早く事は解決する。

「旦那、巳之助《みのすけ》の手も借りましょうか」

三津五郎が思い出したように言う。

「いや、あいつはいい」

「でも、誰よりも役に立ちますぜ」

「単なる人探しだ。俺たちだけでできる。それに、あいつは俺たちと一緒にやるつもりはないんだ」

「そうですね。いつも巳之助の方に事情があって、一緒にやっているだけでしたからね」

三津五郎は少しがっかりしたように言った。

「巳之助と一緒に仕事をしたいんだな」

「いえ、そうじゃねえんですが」

三津五郎は天ぷらを頬張りながら答える。

「あいつは自分のやりたいようにやっているんだ。余計な節介はしない方がいい」

九郎兵衛は巳之助のことを考えながら言った。

腹ごしらえが終わると、九郎兵衛は三津五郎の分の代金も払い、屋台を出た。

二

薄い夕闇の中を、巳之助が商売から日本橋久松町《ひさまつちょう》の長屋に帰って来ると、太吉郎《たきちろう》はもろ肌を脱いで、部屋の隅で暑そうに団扇《うちわ》で煽いでいた。

家の中は閉め切っているせいか、蒸し風呂のようであった。

「なんで障子を開けなかったんですか？」

巳之助が奥の障子を少し開けながら言う。夕風が部屋の中に流れ込み、暑さが少し和らいだ。

「もし、あっしの姿が見られたら……」

太吉郎は不安そうに言う。

「塀があるから大丈夫です」

「でも、何があるかわかりませんから」

かなり警戒しているようだ。

「まあ、用心に越したことはないでしょうけど」

巳之助は台所に行き、

「腹は空いていますか」

と、きいた。

「ええ、もう……」

太吉郎が訴えるような目で答える。

帰りがけに豆腐を買ったので、冷奴と、朝の残りの飯を茶漬けにして食べた。

食後にふたりで一服していると、

「巳之助さん、本当にありがとうございます」

太吉郎が改まった声で言ってくる。

「そんなに何度も、礼を言うことありませんよ」

巳之助は灰吹きに煙管の雁首を軽く叩きつけながら答えた。

「いえ、感謝してもしきれないです」

「大袈裟《おおげさ》ですよ。ほら、下男の佐助《さすけ》さんだって匿《かくま》ってくれたじゃないですか」

「まあ、そうですけど、佐助さんは昔から知っている仲ですから。巳之助さんは赤の他人なのに、こんなに良くしてもらって」

太吉郎は心底有難そうに、目を細めた。

「それより、下手人のことですが、太吉郎さんが疑われているのは、死体の傍に莨入れが落ちていたから、そして藤浪《ふじなみ》と揉めていたからですね」

巳之助は切り出した。

「ええ、そうだと思います。それに、あっしは剣術を習っていたので」

太吉郎は答える。

「しかし、いくら剣術を習っていたとしても、藤浪を倒すほどの腕はないんじゃないですか。なんで、駒三《こまぞう》親分は太吉郎さんを下手人と決め込んでいるんでしょう」

「あっしが不意を衝いて殺った、と思っているんですかね」

「でも、揉めていた相手に油断するものですかね」

「闇討ちしたと考えているのかもしれません」

「そうですか。ところで、莨入れはどこで落としたか覚えがありますか」

巳之助は訊ねた。

「えー、六月十四日の夕方、鎌倉町《かまくらちょう》の一膳めし屋で莨を吸った覚えがあるので、その時には持っていたはずです。それから、賭場《とば》に行ったら藤浪がいたんで、すぐに賭場を出ました。で、そのまま家に帰ったんです。もしかしたら、賭場から家に帰る途中で落としたのかもしれません」

太吉郎は自信なげに言う。

「誰かが莨入れを拾って、死体の傍に置いたのか、もしくは、藤浪が拾ったということも考えられますね。太吉郎さんは、誰かに恨まれるようなことはありませんか？」

「そうですね……」

太吉郎は上目遣いで思い出すように唸り、

「色々と喧嘩っぽいことはしてきましたけど、正直そこまで恨みを買うようなことはしていません」

太吉郎は真っすぐな目で見てきた。

「わかりました。では、莨入れは偶々《たまたま》藤浪が手にしていたのかもしれませんね。とりあえず、藤浪の周辺を洗ってみます」

巳之助は意気込んで言った。


翌日の朝、巳之助は鎌倉町の藤浪の道場へ行った。看板は外されており、中は静まり返っている。武者窓から中を覗いてみたが、人の気配は全くない。

巳之助は大家の家を訪ねた。

大家は六十過ぎで眉毛が濃く、禿頭《とくとう》で、感じの良さそうな男であった。

「あの、ちょっとお伺いしますが、隣の道場はもう閉じたのですか」

巳之助はいきなり切り出した。

「そうだよ。藤浪さまがあんなことになっちまったからね」

大家は苦い顔をして言ったが、頬が微かに緩んだのに気が付いた。

巳之助は少し違和感を覚えた。

「あれから、門弟たちが来るようなことはなかったですか」

「全く見かけないね」

「そうですか」

「まあ、藤浪さまもあまりいい噂は聞かなかったからな。門弟たちもあまり未練はないんじゃないかい」

大家が何気なく言った。

「どういうことです？」

巳之助が気になってきいた。

「門弟たちがすぐにやめていくんだ」

「やめていく？　どうしてなんでしょう」

「何でもいきなり稽古代を吊り上げたり、使い走りをさせたりと傲慢なようだったね。大家の私に対しても、ぞんざいな口の利きようだった」

「じゃあ、藤浪さまは町内でも嫌われていたんですかね」

「まあね」

大家が言葉を濁して言うと、

「私は大嫌いだったね」

横からおかみさんが口を出した。

「何かあったんですか？」

巳之助はおかみさんに顔を向けた。

「しょっちゅう酒を買ってこいだの、莨を買ってこいだの、あれこれ店子《たなこ》に言い付けるんだ。ただ、毎回駄賃を渡していたよ。門弟もそんなに多くなさそうなのに、どうしてそんなに実入りがあるんだろうって不思議だったね。ある時、店子があの人の遣いで部屋に上がった時に、二十両の金が置いてあるのを見たって言うんだ。大体、浪人なんてそんなに金がないのにね」

おかみさんは嫌味ったらしく言う。

「用心棒をしていたとかではないんですか？」

巳之助は確かめた。

「いや、そんな風には見えなかったけどね。昼間から近くの居酒屋で呑んでいる姿をよく見かけたよ」

「どこの居酒屋です？」

「ほら、ここを出て、すぐのところだよ」

大家は教えてくれた。

「ありがとうございます」

巳之助は礼を言い、そこへ向かった。

居酒屋に入るなり、酒のにおいが強く鼻を突いた。ひとりでちびちび呑んでいる隠居風の男や、三十くらいの職人たちが大声を出して笑っている。

「すみません」

巳之助は周囲に気を遣いながら、忙しそうに配膳をしている主人に小声で話しかけた。

「あっ、失礼しました。おひとりさまで？」

「いいえ、違うんです。藤浪三四郎《さんしろう》さまのことで、ちょっとききたいことがありまして」

巳之助はそう言ってから、

「こちらによく来ていたそうですね」

と、訊ねた。

「ええ」

「いつも誰かと一緒でしたか」

「まちまちですね。ひとりの時もあれば、何人かでも」

「ここで揉め事を起こすようなことは？」

「そんなの、しょっちゅうです」

主人は平然と言う。

「しょっちゅう？」

巳之助はきき返した。

「悪気はないんでしょうけど、ちょっと偉そうな態度を取るんで、よく喧嘩沙汰は起こっていましたね。でも、酒の席でのことですので、互いに覚えていなくて、また次の日に喧嘩した相手と仲良く呑みに来ることもありましたね」

「本当に、ひどい喧嘩というのはありませんでしたか」

「あ、藤浪さまが門弟のひとりと喧嘩をして、殴り飛ばしていましたね」

主人は思い出したように言う。

「殴り飛ばしていた……。それはいつくらいのことですか」

「ひと月くらい前ですかね」

「その門弟の名前はわかりますか」

「はい、たしか花房町《はなぶさちょう》に住んでいる高田《たかだ》吉兵衛《きちべえ》さまです」

　主人はすらすらと言った。

「どうして、そんなことになったのでしょう?」

「私はそこのところを見ていなかったのでわかりませんが、何でも高田さまがいきなり藤浪さまに殴りかかったみたいです。それで、藤浪さまがカッとなって、殴り飛ばしたようです。まあ、藤浪さまのことですから、いつものように悪酔いしていたんでしょう」

　主人はわかりきったことのように答えた。

「そうですか。ありがとうございます」

　巳之助は居酒屋を後にした。


　花房町は筋違橋《すじかい》を渡り、広場を通った先にある。自身番へ行き、高田の住んでいる場所を聞き、裏長屋までやって来た。

　五軒長屋の一番手前の家の腰高障子を叩くと、すぐに、瓜実顔《うりざね》で額の広い、尖った鼻の男が出てきた。

「高田吉兵衛さまでございますか」

巳之助はきいた。

「ああ、そうだが」

「あっしは日本橋久松町に住む鋳掛《いかけ》屋の巳之助といいます。鎌倉町の居酒屋の主人がちょっと様子を見に行ってくれとのことでしたので」

巳之助は話をでっち上げた。

「様子？」

高田が軽く首を傾げて、きき返す。

「ええ、ひと月くらい前に、藤浪三四郎さまから酷い仕打ちを受けたとのことで……」

「そのことか」

高田は軽くため息をついてから、

「目尻が切れて血が出たが、それ以外は何ともない」

と、答えた。

よく見ると、微かにその傷痕が見えた。

「藤浪さまが酒に酔った勢いで暴れたのですか」

「ああ、いつものことだ。だが、あの時は死んだ俺の親父のことを出して、芋侍《いもざむらい》などと罵ってきたんだ。今までいくら理不尽なことを言われても我慢してきたが、あの時ばかりはもう俺も許せなかった。それで、つい手が出てしまったんだ」

「そしたら、向こうがやり返してきたわけですね」

「ああ。俺もしまったと思った。あの時は見境がつかなかったんだ。だから、腕っぷしの強い先生に向かっていったんだ」

高田は苦笑いする。

「それから、藤浪さまとの関係は？」

「破門された」

「それだけで、破門ですか」

「まあ、先生を殴ったんだ。仕方がない」

「でも、原因を作ったのは向こうではありませんか」

巳之助は言う。

「先生は腕前は確かなので、剣術を習うだけならいいが、稽古でも容赦なく痛めつけてくるし、その上に人使いが荒いし、酒癖も悪い。関わっていくのは大変だった。破門になってよかったと思っている。だけど、先生があんなことになるなんてな……」

高田は寂しそうに、どこか遠い目をして言った。

「失礼ですが、高田さまは藤浪さまのことを恨んでいたのですか」

巳之助は率直にきいた。

「いや、恨みなどはない」

「高田さまは藤浪さまが殺されたことをどう思っているんですか」

「やっぱりな、といったところだ」

「え？　どういうことです？」

「先生はあんな性格だから、どこへ行っても揉め事が絶えない。門弟たちもすぐにやめるし、最後まで残った門弟たちからもあまり快くは思われていないだろう」

「それなら、どうして門弟は残っていたんですか？」

「剣の腕前は確かだからだ。まあ、惜しい人を亡くしたものだとは思う」

高田は本心かどうかわからないが、そう言った。

「下手人は太吉郎という商家の勘当された若旦那だということにされていますが、高田さまはどうお考えで？」

「どうなんだろう」

高田は首を傾げる。

「と、いいますと？」

「先生は後ろから斬りつけられたようだからな。俺が思うに親しい者が不意を狙ったのだろう……」

高田が難しい顔をして言う。

「親しい者といいますと？」

「いや、それはわからぬが」

何か思い当たるような表情をしている。

「まさか、門弟とか？」

「…………」

「近頃、藤浪先生と揉めていた門弟の方はいましたか」

「そうだな。杉浦《すぎうら》か」

高田が呟いた。この間、御宿稲荷《みしゆくいなり》神社の境内《けいだい》で話しかけてきた、がっしりとした体格の男だ。

「杉浦新介《しんすけ》さまですか？」

巳之助は確かめた。

「ああ」

「どんなことで揉めていたんですか」

「女だ」

「女？」

巳之助がきくと、

「俺が言ったことは黙っていてくれ」

高田はそう前置きをした上で、

「奥山《おくやま》の矢場の女に惚れていたんだ。そのことを先生が知って、女にうつつを抜かして情けない奴だとか、ものにならないだとか、散々罵倒したんだ。杉浦は何も言い返さなかったが、後日道場の仲間内で散々、藤浪先生への恨み節を聞かされたもんだ」

と、言った。

杉浦に神社で声を掛けられたときには、もうひとりの門弟と一緒に、必死に下手人を探している様子であった。だが、高田の話を聞いていると、矛盾しているように思える。

そもそも、杉浦は相当剣の腕の立つ者が下手人だと考えていたが、巳之助は高田が言うように、背中から斬りつけられたので、油断していたところを襲われたのだと考えている。

「そういや、先生が死んでから、杉浦が俺のところに金を返しにやって来たんだ。そのついでに、藤浪先生の思い出話などを語っていったな。俺もそうだが、いくら嫌だと思っていても、いざ死んだとなれば、何とも言えない気持ちになるものなのかな」

高田はぽつりと呟いた。

巳之助はそんなものなのだろうかと思いつつ、

「杉浦さまに金を貸していたんですか」

と、きいた。

「ああ、二両貸していた」

「その二両を全額返しに来たんですか」

「そうだ」

高田は答える。

巳之助は、何となく引っ掛かった。

それから、礼を言って高田の元を離れると、御宿稲荷神社の裏手の長屋へ行き、杉浦の家の腰高障子を叩くが、中から反応はない。

その時、

「杉浦さまなら留守だよ」

と、後ろから男の声がした。

振り返ると、職人風の若い男が立っていた。

「何か御用で？」

職人はきいてきた。

「ちょっと頼まれていたことがございまして」

巳之助は適当に答えた。

「もしよろしければ、言付けを預かりますよ」

職人は親切に言った。

「いえ、また来ますので」

巳之助は柔らかく断ってから、

「杉浦さまがどこへ行ったのかはわからないですよね」

と、念のために確かめた。

「多分、吉原《よしわら》か深川《ふかがわ》だと思いますけど」

「吉原か深川？」

巳之助はきき返した。

「ええ、さっき、柳橋の舟宿でたまたま出くわしたんです。その時にちょっと話をしたら、これから遊びに行くと言っていましたよ。最近、なぜか金回りがよさそうで、しょっちゅう遊びに出かけているんです。羨ましい限りですよ」

職人は、やっかんだ。

「最近というのは、いつぐらいからですか」

巳之助は気にかかった。

「そうですね。この半月くらいです」

「半月……」

藤浪が殺された辺りからだろうか。

高田には借金を返し、よく遊びに出掛けている。

どうして、いきなり金が入ってきたのだろう。さらに気になるのは、矢場の女を巡って、藤浪に罵倒されたということだ。

「ちなみに、どこの舟宿で会ったんですか」

巳之助はきいた。

「『升屋《ますや》』っていう柳橋の袂にある宿ですよ」

職人は教えてくれた。

巳之助は礼を言い、すぐに柳橋へ行った。

『升屋』と書かれた掛け提灯《ちょうちん》が掲げられた門口に柳が植わっている新しそうな店に入ると、二階からは賑やかな声と三味線の音が聞こえて来た。

「すみません。ちょっといっぱいなんですけど」

おかみが申し訳なさそうに頭を下げる。

「いえ、そうじゃないんです。先ほど、ここに杉浦新介さまが来なかったかおききしたいんですけど」

巳之助は言った。

「お見えになっていましたけど、杉浦さまとはどういう間柄で？」

「よくお世話になっているんです。至急、大事なことをお伝えしたくて」

「そうですか。もう半刻（約一時間）ばかし前に舟に乗って行きましたよ」

「どこへ向かったんですか」

「えーと」

おかみが上目遣いに考えてから、

「あそこにいる船頭が運びました」

と、奥で胡坐《あぐら》をかいて、さいころをいじっている屈強な体の若い男を指した。

「おい、こっちへ来ておくれ」

おかみが船頭を呼んだ。

「へーい」

船頭はかったるそうな声を出してやって来て、

「仕事ですかい」

と、巳之助にも顔を向ける。

「そうじゃないんだ。この方が、さっき運んだ杉浦さまのことをききたいそうだ。たしか、吉原へ行ったんだね」

おかみが確かめる。

「ええ、そうですよ」

船頭は、はっきりと答える。

「吉原のどこの店に行くとか言っていなかったですか」

巳之助は訊ねた。

「そういや、『松島屋《まつしま》』の春駒《はるこま》という女に惚れられて困っているとのろけていましたねえ」

船頭は思い出したように言い、

「まあ、あの旦那は見栄《みえ》っ張《ぱ》りだから、ほらを吹いているんじゃないんですかね」

と、小馬鹿にした。

「夜店には早いようですけど」

「山谷《さんや》の舟宿で一杯やってから行くんじゃないですかね」

巳之助はそれを聞くと、舟宿を出た。

その時、正面から歩いて来る三津五郎の姿が見えた。向こうも気が付いたようで、

「おう、巳之助。久しぶりだな」

と、声を掛けてきた。

「ああ」

巳之助は軽く手を上げて答えた。

「もしかして、お前もかどわかしを探しているのか」

三津五郎が驚いたようにきく。

「かどわかし？　何の話だ？」

「あっ、違うのか」

三津五郎は苦笑してから、

「それなら、一緒にやらねえか。実は行方不明になっている大店《おおだな》の娘を探しているんだ」

と、誘ってきた。

「いや、結構だ」

巳之助はすぐさま断る。

「三日月の旦那や半次、小春も一緒だ」

三津五郎は意気込んで言う。

「俺は人と組むのは嫌いなんだ」

巳之助はぶっきら棒に答えた。

「前だって組んだじゃねえか」

三津五郎は納得いかないように言い返す。

「あの時は特別だ。お前だって、俺が人と組みたくないのを知っているだろう」

「そんなこと言うなよ」

三津五郎は引き下がらなかった。

「すまない、ちょっと急いでいるんだ」

巳之助は断り、歩き出した。

なんで杉浦に、急に金が出来たのだろう。

西陽を浴びながら、吉原に向かって歩き出した。

三

吉原に着いた頃には、すっかり日が暮れていた。

風のない宵の口で、蒸し暑いのは季節のせいだけでなく、吉原に集まっている大勢の客たちのせいでもあった。

見世見世の行灯が色めかしく輝いている。格子の向こうには遊女たちが居並んでおり、それを冷やかす男たちがいる。

「旦那、寄っててらっしゃい」

などと、俗に牛太郎《ぎゅうたろう》と呼ばれる、登楼を促す見世の若い衆たちの掛け声も賑やかであった。

仲《なか》の町《ちょう》には、遊女屋や茶屋だけでなく、食事処や小間物屋など様々な店が軒を連ねていた。

巳之助は江《え》戸町《どちょう》二丁目の『松島屋』という中見世へ行った。

「こちらに春駒さんはいますか」

と、店の前に立っている若い衆に訊ねた。

「ええ、いますけど、春駒は客が付いてしまったので」

「ひょっとして、杉浦さまじゃないですか」

「杉浦さまと仰《おつしや》いますと？」

牛太郎がきき返す。

「肩幅が広くて、がっしりとしたご浪人です」

「ああ、はい。春駒が付いているのはその方です」

「杉浦さまはよくこちらにお出でになるのですか」

「半月前に初めて来て、それからよく使って頂いています。いつもお泊まりになりますよ」

若い衆は、ニタッと笑った。

「そんなに敵娼《あいかた》を気に入っているのですか」

「ええ、春駒はいい女ですからね」

若い衆は当然のように言ってから、

「ところで、旦那もお遊びになったらいかがです？　中をご覧ください。好い子がたくさんいますでしょう?」

と、陽気な声で誘ってきた。

「いえ、また来ます」

巳之助は踵《きびす》を返して、吉原を離れた。


翌朝も巳之助は吉原にやって来た。

朝の吉原は夜の賑わいが嘘のように静まり返っているが、それでも帰り客や出入りの商人たちがいてそれなりに人が歩いていた。

巳之助は大門《おおもん》に近い待合の辻の縁台に腰を下ろして、杉浦が出て来るのを待った。

半刻(約一時間)ほどすると、仲の町通りを上機嫌で歩いてくる杉浦の姿が見えた。

巳之助は腰を上げ、偶然を装って近づいた。杉浦はまだ酒が抜けていないのか、
それとも寝不足なのか、重たそうな瞼を擦りながら欠伸《あくび》交じりに歩いている。

「あっ、杉浦さま」

巳之助はあと数歩のところまで近づくと、声を掛けた。

「誰だ、お前は」

杉浦は首を傾げる。

「鋳掛屋の巳之助でございます。少し前に御宿稲荷神社の境内で声を掛けられた」

巳之助が説明すると、

「ああ、あの時のか」

杉浦はすぐに思い出したように頷く。

「お泊まりになっていたんですか？」

「ああ」

杉浦はぶっきら棒に短く答える。

「藤浪さまを殺した下手人はもうわかったのですか」

巳之助はきいた。

「『下総屋《しもうさ》』の太吉郎っていう男だそうだ」

杉浦は面倒くさそうに答える。

「というと、商人ですか」

「そうだ」

「杉浦さまは、下手人は剣の腕が立つ者だと仰っていませんでしたか」

「まあ」

「そんな商人が殺せるものなのでしょうかね」

「太吉郎っていうのは、剣術も習っていたようだ」

杉浦は取って付けたように言う。

「でも、藤浪さまというのは相当の腕前だったんですよね。それなのに、商人ごときが？」

「夜だったし、不意を狙ったのだろう」

「そうだとしたら、そこまで腕が立つ者でなくても出来たのではないですか」

「いや、先生はなかなか鋭い。後ろから襲われても、すぐに気が付くだろう。ともかく、太吉郎はまだ逃げ続けているようだから、早く捕まって欲しいものだ」

杉浦は早く切り上げたいような顔をして、逃げるように立ち去った。巳之助は追いかけ、さらにきこうと思ったが、杉浦は取り合ってくれなかった。

次の日の朝、巳之助はもう一度神田花房町の高田吉兵衛のところへ行った。「いかけえ、いかけ」と声を出して、高田の住む裏長屋にやって来た。

高田の家の腰高障子を叩くと、

「あっ、お前か」

高田は穏やかな口調で言った。

「へい、ちょっとこっちの方を回ったんで来たんです。もし何か直すものがございましたら、お代は頂きませんので」

巳之助が言うと、

「そうか。ならこれを」

高田は家に入り、縁が欠けた茶碗を持って出てきた。

巳之助は高田から丁寧に茶碗を受け取り、ふいごを取り出した。

「そういえば、藤浪さまは随分と金に余裕のある暮らしをしていたようですが、どうしてなんでしょうか？」

巳之助は火を起こしながらきいた。

「さあ、それはわからない。俺も不思議に思っていたんだ」

高田は巳之助の手つきを見ながら答える。

「どこかの商家に用心棒として雇われていたとかではないですか？」

巳之助がそうきいたとき、火が点いた。

「それはなさそうだ」

高田は首を横に振る。

「では、実家が裕福で遺産があるとか？」

「いや、そんなことはあるまい」

高田はそう言ってから、

「あっ」

と、思い出したように声を上げた。

「なんです？」

巳之助は茶碗の欠けたところに白玉粉《しらたまこ》を塗り込む。

「そういえば、先生は毎月決まって行くところがあった」

「決まって行くところ？」

「ああ、鎌倉町の方の商家だ。何といったかな……」

高田は腕を組んで、唸った。

だが、商家の名前は出てこなかった。

「だが、そこから帰ってくるときはいつも上機嫌だった。もしかしたら、そこで金を調達していたのかもしれないな」

高田は思い出しながら言った。

巳之助はそれから仕上げをして、高田に茶碗を返した。

「こんなに早くて、丁寧なのは初めてだ」

高田は茶碗を見ながら驚いたように言う。

「ありがとうございます。またこちらの方へも寄らして頂きますので、何かありましたら」

巳之助はそう言って、長屋を離れた。それから、高田の言っていた鎌倉町に向かって歩き出した。

蟬の声がやけにうるさく聞こえてきた。

四

雨の降らない暑い日が続く。乾いた生暖かい風が吹く度に、砂が舞い、汗ばんだ肌に引っついた。『美濃屋』の前では、二番番頭の喜多郎《よしたろう》が桶を持って打ち水をしていた。だが、撒いた瞬間から、水は地面に吸い込まれ、干からびていく。

喜多郎はそれでも水を何度も撒いている。

九郎兵衛は喜多郎に近づき、

「旦那はおまきはただの家出かもしれないと言っていたそうだな」

と、出し抜けに確かめた。

「ええ……」

喜多郎は警戒するように頷いた。

「おまきに好きな男でもいたのか」

「どうでしょう。そういうことは、私にはわかりませんが……」

喜多郎は惚《とぼ》けているのか、それとも本当に知らないのか、何とも曖昧な表情で返事をした。

九郎兵衛は喜多郎を真っすぐに見て、

「本当か」

と、重たい口調で問い詰めた。

「はい」

「じゃあ、庄左衛門だったら知っているのか」

「いえ、旦那さまもそこまで知らないと思います」

喜多郎の九郎兵衛を見る目は明らかに警戒しているようだ。

「そうか。ところで、弥三郎は？」

九郎兵衛がいきなりきくと、

「奥にいますけど」

喜多郎は店の方を振り返って答える。

「邪魔するぞ」

九郎兵衛はずかずかと店の土間に入り、辺りを見回した。帳場でそろばんを弾いていた弥三郎が目だけを向け、

「松永さま」

と、気が付いて立ち上がり、近づいてきた。

「何かわかりましたか」

弥三郎は小さな声できく。

「うむ、おまきらしい娘が三十過ぎの役者風の男と一緒に両国橋を渡って行ったということを聞いた」

「え？　浪人と？」

弥三郎は声を上げる。

「だが、お前が思っているようなかどわかしではなさそうだ」

「どういうことですか」

「もしかしたら、ただの駆け落ちかもしれない」

「ちょっと、奥で詳しいお話を」

この間と同じ部屋に通され、九郎兵衛は船頭から聞いた話を伝えた。弥三郎は難しい顔をして聞き終えると、

「まさか、あのおまきさんに男など……」

と、首を捻った。

「さっき、喜多郎を問い詰めたら、好きな男のことは知らぬと言っていた。だが、喜多郎はどこか怪しいな」

九郎兵衛は呟く。

「ええ、あいつはちょっと」

弥三郎は顔をしかめる。

「だが、庄左衛門がおまきと浪人の関係を知っていたということは考えられぬか？　だからこそ、いなくなったとしても、かどわかしだと思わず、探そうともしなかったのだ」

九郎兵衛が言い終えるや否や、

「いえ、それはないでしょう」

と、弥三郎は断言する。

それから、すかさず、

「どうやって、その船頭のことを知ったんです？」

と、弥三郎はきいてきた。

「大迫権五郎が耳にしたって言うんでな」

九郎兵衛は答えた。

「大迫さまですか？　それは信用できません」

弥三郎はばっさりと切り捨てた。

「どうしてだ」

「あまり評判のいい男ではありませんし、そもそも態度だけ大きくて、ほら吹きなんです。きっと、船頭から聞いたという話を松永さまにしたのも何か魂胆があってのことでしょう。どうせ、その船頭も大迫さまに頼まれて、嘘を言っているのだと思いますよ」

弥三郎は全く取り合わない。

ただ、九郎兵衛も大迫を信用していいのかどうかは定かではなかった。

「では、お前はあくまでもかどわかしだと考えるんだな」

九郎兵衛は確かめた。

「ええ、それにちょっと気になることがあるんです」

「気になること？」

「ひと月前、神田明神下《みょうじんした》の『中村屋《なかむら》』という団子屋の娘が突然いなくなっているんですよ。年は十八で、おまきさんと一緒です」

弥三郎は恐ろしそうに言う。

「で、その娘はどうなった？」

「深川の商家に逃げ込んだそうです。何でも、かどわかしの男から逃れてきたそうで。ただ、かどわかしは逃げてしまったので、正体はわからなかったそうなんですが、もしかしたら、そのかどわかしが、おまきさんを攫《さら》ったということも……」

　弥三郎はどこか遠い目をした。

　九郎兵衛はそれから『美濃屋』を出て、すぐに深川へ行き、『大森屋《おおもり》』という知り合いの小さな子供屋に入った。内証に主人と遣り手婆がいた。主人は九郎兵衛を見るなり、驚いたように目を見開いた。

「久しぶりだな」

　九郎兵衛が声を掛けると、主人は驚いたように頭を下げ、

「ちょっと、奥で」

と、気まずそうに案内してくれた。

　襖をぴったり閉めてから、

「何しにやって来た」

　主人がぶっきら棒に言う。

「ちょっと、ききたいことがある」

「困るぜ。俺はいまは足を洗って、子供屋の主人になっているんだ」

「ここで大人しく子供屋を営んでいるように見せかけて、本当は何か企んでいるんだろう」

「まさか！　俺はお前とは違うぜ」

主人は即座に否定した。

「まあ、そんなことはどうでもいい。ひと月くらい前に、深川でかどわかされた娘が保護されたと聞いたが、本当か」

九郎兵衛は切り出した。

「ああ、そんなことがあったな。たしか、団子屋の娘だとかいう」

「それだ。下手人は見当つくか」

「さあな。駒三親分がやって来て色々ときかれた」

主人は吐き捨てるように言う。

「お前のことを覚えていたか」

「馬鹿言え。もうこの格好じゃ、誰だって昔の俺だとはわからないだろうよ」

「だが、お前の目つきはあの時のままだぜ」

「嘘吐け」

「本当だ。にっこりと笑顔を見せても、心の奥で何を考えているかわからないような鈍い目をしてやがる」

「嫌なこと言いやがるぜ」

主人は苦笑いする。

「で、駒三は何てきいてきたんだ」

九郎兵衛は話を戻した。

「下手人と思われるのは、二十代半ばと思われる浪人だそうだ。背はそこまで高くないが、がっしりとした体つきの男だそうだ」

船頭が語っていた駆け落ちした役者風の男とは容姿が違う。

「そうか」

九郎兵衛はそれだけわかると、帰ろうと腰を浮かした。

「ところで、なんでかどわかしのことを？」

主人は不思議そうにきいてくる。

「ちょっと調べていることがある」

「調べていること？」

「大したことじゃない」

九郎兵衛は誤魔化した。

「もったいぶるな。俺にはきいておいて」

主人は不満そうに言う。

「本当にどうでもいいことだ」

九郎兵衛はいい加減に答えて、『大森屋』を出て行った。


それから、柳橋に住む大迫権五郎の裏長屋へ向かった。だが、まだ帰ってきていないというので、この間の居酒屋に顔を出したら、案の定、仲間と呑んでいた。そこに、あの船頭もいた。

九郎兵衛はそこに近づくなり、

「ちょうどいい」

と、渋い声で言った。

「まだ何かききたいのか」

大迫は眉間《みけん》に皺を寄せる。隣で船頭が気まずそうな顔をしている。

「三十過ぎの役者風の男と、若い娘のことだが、ふたりを見た奴が他にいない」

九郎兵衛は大迫と船頭を交互に睨みつけた。

「そうか。夜だったしな」

大迫は目を逸らし、酒を口にする。

「まさか、俺に嘘を教えたわけじゃないだろうな」

九郎兵衛はきつく言った。

「なんで疑うんだ」

大迫は九郎兵衛を見ないで、また酒を呑む。

「お前は庄左衛門と親しいからな。初めて会った時も、ごろつきがお前をすぐに呼んできた。その時も『美濃屋』に行っていたんだろう」

九郎兵衛は決めつけた。

「親しいっていったって、わざわざお前に嘘を吐くことはないだろう」

大迫は煙管を手にした。

「庄左衛門がおまきを探したがらないのは、何か理由があってのことじゃないか」

「そんなこと俺に言われたって……」

大迫は口から煙を吐いた。

「おい、船頭。俺に言ったことは本当か」

九郎兵衛がぴしゃりと言う。

「は、はい」

船頭は震える声で答える。

「もう一度、浪人の容姿を言ってみろ」

「三十過ぎで、背が高くてきりっとした切れ長の目です」

「こいつに言わされていたのか」

九郎兵衛は大迫を一瞥《いちべつ》する。

「おい、冗談じゃねえ。言いがかり付けるなら出てってくれ」

大迫は声を荒らげて立ち上がった。

「言われなくても、もう帰るつもりだ」

九郎兵衛も立ち上がり、

「やるなら相手になるぞ。俺の方が強いことを忘れたわけじゃないな」

と言い残して、居酒屋を後にした。

どうも船頭は大迫に言わされたような気がしないでもない。そう思いながら、小梅村へ向かった。

五

墨堤《ぼくてい》（隅田堤）に植わった桜の木の青い葉がそよ風になびいている。その先に居並ぶ武家屋敷の屋根瓦に陽の光が反射し、煌めいていた。九郎兵衛は源森川《げんもりがわ》にかかる橋を渡り、水戸《みと》藩の大きな屋敷の裏手にある小梅村に行った。

閑散として、田圃《たんぼ》の中に百姓家がまばらに建っている。

その一角の小さな池の前にある、水車のある小春の小屋に入った。

奥の部屋に行くと、縁側で小春が柱にもたれかかりながら、茶を飲んでいた。

「随分暢気《のんき》なもんだな」

「いま帰ったところなの。もうへとへとよ」

「で、どうだった」

九郎兵衛が声を掛けると、

「六月十二日の夜に、浪人と若い娘を見たっていう人はどこにもいないんだけど」

と、疲れたような顔をして言う。

それからしばらくして戸が開き、

「全くダメだ」

と、三津五郎が入って来るなり顔をしかめて言った。その後に来た半次も浮かない顔をしていた。

四人は車座になる。

「夜だから誰も見ていないんじゃないかしら」

小春が口にした。

「冬の寒い日ならまだしも、夏の盛りだ。夕涼みに大川（隅田川）の土手沿いを歩く者だっているだろうし、外で縁台を出して将棋を指したり、話に花を咲かせている者もいるはずだ。誰も見ていねえなんて馬鹿言うんじゃねえ」

半次が冷たく言い放った。

小春はむっとしたように、

「だって、四つ（午後十時）だよ。そんなに人が出ているわけないじゃない」

「いや、暑かったんだから、わからねえよ」

「いくら外に出ていたって、暗いからわからないこともあるでしょう」

小春が言い返す。

「六月十二日は晴れていたし、月明かりはあったはずだ」

半次が付け加えた。

「じゃあ、どうして誰も見ていないのよ」

小春が怒ったように言う。

「まあまあ、ふたりとも」

三津五郎が呆れたようになだめ、

「両国橋を一度渡ったけど、引き返したとか考えられませんか」

と、九郎兵衛を見た。

「何のためにだ？」

「わかりませんけど、行き先を東海道や中山道に変えるってことも……」

三津五郎は考えながら言う。

「両国橋まで来て、そんな面倒なことをするとは思えない。そもそも、浪人と若い娘というのは大迫の作り話のような気がする」

「どういうことです？」

三津五郎がきいた。半次と小春も身を乗り出す。

九郎兵衛はさっきのことを伝え、

「まず、そのふたりを船頭が見たって言い出したのは、大迫権五郎だ。大迫は『美濃屋』の旦那、庄左衛門と懇意だ。庄左衛門は端《はな》から娘を探す気はなかった。番頭の弥三郎がかどわかしかもしれないというのに、やけに他人事《ひとごと》だった。ということはだ」

「庄左衛門がおまきの失踪に絡《から》んでいると言うんですかい」

「ああ」

「ちょっと待って。どういうこと？」

小春がきいてきた。

「庄左衛門が大迫に、予めおまきと浪人が舟宿に行って、断られて両国橋を渡ったという筋書きを教えていたということだ」

「なるほど。そうすると、もともとそんな浪人はいなかったってことになりますね」

「じゃあ、船頭は？」

「庄左衛門か大迫がそう言うように頼んだんだ。さっき船頭に確かめたら、態度がおかしかった」

「一体、何の為によ」

小春がまだ納得いかないようにきく。

「相変わらず鈍感だな」

半次が茶々を入れる。

「うるさいな」

小春はキッと、目を吊り上げた。

「このかどわかしの下手人は庄左衛門ってことだ」

九郎兵衛は、はっきりと言った。

「え？　庄左衛門？」

小春は驚いたようにきき返す。

「そうだ」

「どうして、庄左衛門が？」

「娘が邪魔で消したかったのだろう。元々、仲が良くなかったのかもしれない。番頭が疑問に思っていたが、庄左衛門は『美濃屋』とは親戚でもないのにも拘わらず、先代の跡目としてすんなり迎え入れられた。それは先代の遺言を持っていたからだ」

「その遺言が偽物だと言いたいんですね」

半次が口を挟む。

「はっきりとは言えぬが、そういうことだって考えられるだろう」

九郎兵衛は重たい口調で言う。

「だとしたら、おまきが庄左衛門に消されたっていうの？」

「そうだ」

半次が勢いよく頷く。

「まさか、そんなことがね……」

「俺もまさかとは思うが、庄左衛門の態度は少し怪しい。庄左衛門は先代から後を頼まれていたが、あくまでもおまきの後見人に過ぎない。娘婿《むすめむこ》が決まったら、その男に代を譲らなければならないのだ。庄左衛門はそんなことを承服できると思うか」

「うーん」

九郎兵衛が言い放つ。

小春は唸っている。

「まだわからねえのか」

半次が呆れたように言った。

「三日月の旦那が言っていることはわかるけど、わざわざ娘を消す必要があるのかなと思ったのよ。庄左衛門が皆を騙して、うまく『美濃屋』に入り込んだのだとしたら、娘を消すのだってもっとうまい方法を使うんじゃないかしら」

小春は考え込む。

「ほころびが出てきたんだろう」

半次は決めつけるように言った。

「三日月の旦那はどう思う?」

小春が顔を向ける。

「…………」

九郎兵衛は腕を組んで目を閉じたまま、しばらく何も答えず、

「とにかく庄左衛門のことを探る」

と、力を込めて言った。


次の日の昼前、昨日よりもさらに暑かった。九郎兵衛は芝大神宮《しばだいじんぐう》のある神明町《しんめいちょう》にやって来た。さすがに、この暑さだからか、参詣人はそれほど多くなかった。道行く人もそれほどいなかった。

さっそく自身番に行くなり、

「美濃屋庄左衛門を知っているか」

と、訊ねた。

「美濃屋庄左衛門？　誰ですか」

詰めている若い男はきき返す。

「この辺りで小間物屋を営んでいたそうだが、いまは神田の大きな紙問屋の旦那

だ」

　九郎兵衛が言う。

「あっ、もしかして」

　男は思い出したように声を上げ、

「多分、八五郎《はちごろう》さんですよ」

と、言った。

「八五郎？」

　九郎兵衛はきき返した。

「ええ、一年くらい前までここに住んでいた男です。『美濃屋』という名前かどうかは覚えていませんが、大店の跡取りになったと噂になっていました」

「お前は八五郎とは親しかったのか」

「たまに話すくらいでしたね」

「八五郎と親しかった者を知っているか」

「いや、あまり親しくしている人はいなかったですよ」

「人付き合いが悪かったのか」

「そうじゃないんですけど、皆が避けていたんです」

「避けていた？　どういうわけだ」

九郎兵衛は首を捻る。

「よくわからないんですが、あいつには関わらない方がいいって」

「関わらない方がいい？」

「ええ」

「誰がそんなことを？」

「横丁の大工の棟梁《とうりよう》です」

「そこへ案内してくれ」

「へい」

男は嫌な顔をせずに答えた。男は長屋木戸を出て、すぐの横丁の三軒長屋の真ん中の家の戸を叩いた。

「棟梁！　棟梁！」

男が声を掛けると、奥から献上帯《けんじようおび》を腰の高い位置でしっかりと「貝の口」に締めた三十後半くらいの男が出てきた。

「騒がしいな」

棟梁は頭をかきながら面倒くさそうな顔をしていたが、九郎兵衛の顔を見るなり姿勢を正し、

「どちらさまで？」

と、腰を低くした。

「このお侍さまが八五郎さんのことで話があるそうなんです」

男が紹介した。

「八五郎のことで？　どういった御用でしょう？」

棟梁は九郎兵衛に顔を向けてきく。

「お前さんは、こいつに八五郎とあまり関わらない方がいいと言っていたそうだな」

九郎兵衛は、棟梁の目をしっかり見てきいた。

「ええ……」

棟梁は小さく答える。

「どうして、そんなことを言ったんだ」

九郎兵衛は、さらにきいた。

「まあ、ちょっと色々ありましてね」

棟梁は言いにくそうにする。

「色々とは？」

九郎兵衛は、すかさず問い詰めた。

「…………」

棟梁はなかなか答えない。

「八五郎が何をしたっていうんだ」

九郎兵衛は太い声を出した。

「あの男は追剥《おいはぎ》だったんです」

「追剝？」

九郎兵衛が言うと、

「えっ！　そうなんですか」

隣で、男が驚いたように声を上げる。

棟梁は厄介そうに男を横目で見遣りながら、話し始めた。

「今から十年前のことです。あっしは友達とお伊勢《いせ》参りへ出かけました。その帰り道、箱根《はこね》の山を越えていると、湯河原《ゆがわら》あたりで追剝に遭ったんです。ちょうど、三島《みしま》の宿で、箱根山には近頃よく追剝が出るから気を付けるように言われていたんです。そしたら、案の定、藪の中から若い屈強な笠を被った男が飛び出してきて、いきなりあっしの喉元に匕首《あいくち》を突きつけて、『有り金を置いて行け』と鼻にこもるような声で言ってきました。あっしは殺されちゃならねえと素直に金を渡しました。その時に、追剝の顔をちらっと見たんです。厚ぼったい瞼に、首筋に黒子《ほくろ》が三つ並んでいました」

言われてみると、棟梁の語る人物と、庄左衛門が被る。

九郎兵衛が相槌を打ちながら聞いていると、棟梁はさらに続けた。

「それから一年あまりして、八五郎がこの長屋に引っ越してきました。八五郎を最初に見た時、びっくりしましたよ。あの時の追剝にそっくりだったんです」

「見間違いってことは考えなかったのか」

「初めはあっしもそう思いました。でも、どう見てもあの男にしか見えないんです。追剝に遭ったことは誰にも言っていませんでしたけど、あの男は信用できないとか、近づいちゃならねえということは、周囲に伝えていました」

棟梁は語った。

「なるほどな」

九郎兵衛は重たい声で言い、

「八五郎はここに来てから何か悪いことをしていなかったのか」

と、訊ねた。

「どうでしょう。近寄らなかったので何もわかりませんが、喧嘩とかもなかったように思えますが」

棟梁が自信なげに答えると、

「八五郎さんが問題を起こしたことはありませんよ。いつも、大人しくしていました」

横から自身番の若い男が口を挟んだ。

九郎兵衛は棟梁の家を出た。

(庄左衛門が追剝か)

心の中で呟く。

最初に庄左衛門に会った時に、どこか自分と同じにおいがすると思っていた。追剝していたとて、不思議ではない。

本人に問い詰めてみよう。

九郎兵衛は強い陽射しの中を『美濃屋』へ向かった。

鎌倉町に入り、『美濃屋』の近くまで来ると、「いかけえ、いかけ」という馴染《なじ》みの声が聞こえてきた。

少し先を巳之助が歩いていた。

九郎兵衛は思わず近づき、

「おい」

と、後ろから声を掛けた。

巳之助は立ち止まり、

「あっ、三日月の旦那」

と、軽く頭を下げた。

「こんなところで何をしている？」

九郎兵衛がきいた。

「ただの商売ですよ」

巳之助は素《そ》っ気《け》なく答える。

「お前は鎌倉町を回っていたか？」

九郎兵衛は首を傾げた。

「ええ、こちらに来ることもあります」

「何か調べているんじゃないのか」

「それは旦那でしょう。三津五郎から聞きましたよ。かどわかしのことを調べているとか」

巳之助が呆れたように言った。

「そうだ。お前も一緒にどうだ」

九郎兵衛は誘った。どうせ、庄左衛門に追剝のことを確かめたって否定されるだけだ。ただ、その反応を確かめに来た。しかし、それよりも巳之助に忍び込ませて、内情を探らせる方が余程成果があるような気がする。

だが、巳之助は、

「何度も言うように、あっしは誰とも組む気はありませんから」

と、いつものように拒否した。

「金はちゃんと払う」

九郎兵衛は付け加えた。もしも、庄左衛門が追剝だったとしたら、そのことを種に金をせびってもいいだろう。

「金の問題ではありません」

巳之助は冷たく言い放つ。

「で、旦那が調べているかどわかしっていうのは、どこなんです？」

巳之助がきいてくる。

「『美濃屋』だ」

九郎兵衛が何気なく答えると、

「えっ？」

巳之助は驚いたように言う。

「どうした？」

「何でもありません」

「その様子だと、お前も『美濃屋』を探っているな」

九郎兵衛は鋭い口調で言った。巳之助が『美濃屋』に関することを調べているのは間違いないようだ。そうなると、いつものように一緒に仕事をすることになりそうだ。

「いえ……」

巳之助は目を背ける。

「よかったら、今夜俺の家へ来てくれ。待っているぞ」

九郎兵衛はそう言って、巳之助と別れた。

巳之助が来るような気がしてならなかった。だとしたら、まだ庄左衛門に追剝のことをきく必要はない。

今日はこれくらいで十分だ。そう思うと、急に汗を流したい気分になった。ちょうど、近くに湯屋がある。

九郎兵衛は上機嫌に、湯屋の暖簾《のれん》をくぐった。

第四章　旦那の正体

一

　陽が少し傾いてきた。大川（隅田川）から吹く風で、暑さも和らぐ。

　巳之助《みのすけ》は浅草奥山《おくやま》を出て、上野山下から御成《おなり》街道を通って、神田白壁町《しろかべちょう》に向かっていた。杉浦《すぎうら》が通っていた矢場の女に会ってきたところだ。話を聞いてみると、杉浦は藤浪《ふじなみ》を相当憎んでいるようだった。

　巳之助は長屋木戸をくぐった。路地の突き当たりまで西陽が射し込んでいる。その奥から三味線の音が響き渡る。菊文字《きくもじ》にしては、いくらか弱い音色だ。

　奥へ進み、菊文字の家の腰高障子を叩く。

　三味線の音は止み、菊文字が出てきた。家の中では、上の妹が三味線を抱えていた。

「巳之さん」

菊文字は細い声を出した。幾分やつれたようであった。

「ご無沙汰してます」

巳之助は頭を下げる。

「お稽古中にすみません」

「いえ、ちょっと妹に教えていただけです。それより、どうかなさったんですか」

菊文字がきいた。

「太吉郎《たきちろう》さんのことなんです」

「何かあったんですか？」

菊文字は巳之助の説明が終わるのを待たずに言葉を被せた。

「いま、あっしの家にいるんです」

巳之助は口をあまり動かさずに、小さな声で伝えた。

「えっ、本当ですか」

菊文字は驚いたように言い、

「じゃあ、太吉郎さんを匿《かくま》ってくれたんですね」

と、胸をなでおろした。

「菊文字さんが仰《おつしや》る通り、佐助《さすけ》さんのところにいたそうです。でも、あっしが訪ねた時には、すでに駒三《こまぞう》親分が嗅ぎつけてやって来たので、佐助さんの家を離れ、しばらく神社に隠れていました。その時、たまたまあっしが見つけて、うちに来るように声を掛けたんです」

巳之助は事のあらましを語り、

「それで、いま真の下手人を探しているんです」

と、伝えた。

「真の下手人を？」

菊文字はきき返す。

「太吉郎さんの無実を証明するためには、それが一番です」

巳之助は言い切った。

「でも、探し出せるんでしょうか」

菊文字は不安そうな顔をした。

「ええ、殺された藤浪のことを調べていたら、怪しい浪人を見つけたんです」

「怪しい男？　誰なんですか」

「藤浪の門弟の杉浦新介《しんすけ》です。藤浪とは女を巡って揉めていたみたいで、さらには藤浪が死んでからなぜか金回りがよくなっています。そこのところを深く調べてみれば、必ず証《あかし》は出てくると思います」

巳之助は小声ながらも、意気込んだ。

「本当にありがとうございます。私のせいで面倒なことに巻き込んでしまって……」

菊文字は頭を下げてから、暗い顔をした。

「そんなことありませんよ」

巳之助は否定する。

「でも……」

菊文字は大きくため息をついた。

「あっしの一存でやっていることですから」

巳之助は声を強くした。

「私は人を不幸にしてしまうんではないかと思うんです」

菊文字は急に真顔で言い出した。

「不幸に？」

「今回、太吉郎さんが下手人として疑われているのも、元はといえば私と付き合ったせいです。私と付き合ったばっかりに、太吉郎さんは勘当されて、それでいまは下手人と疑われる身になってしまったんです」

菊文字は自身を責めた。

「それは違いますよ」

巳之助は首を横に振る。

「いえ、そうです」

菊文字は言い返す。

「太吉郎さんは弟に『下総屋《しもうさ》』の跡取りになってもらうために、自分はいちゃいけないと思ってわざと勘当されるようなことをしていたんです」

「え？」

菊文字は驚いた風にきき返したが、

「でも、そうやって言い訳しているだけかもしれません。本当は私という女にうつつを抜かしていたばかりに……」

と、また暗い顔になる。

巳之助はどう言葉をかけようか、迷った。

好きな男と別れる羽目になり、父親も急にいなくなって、借金を背負い、妹たちの面倒をひとりで見ている。

そんな辛い現実に、自暴自棄になっているのだ。

巳之助がしてやれることは……。

「ともかく、一刻も早く真の下手人を捕まえますから」

巳之助は頭を下げて立ち去った。

その足で、鎌倉町《かまくらちょう》へ向かった。藤浪がよく『美濃《みの》屋』に顔を出していたということはわかっている。

九郎兵衛《くろべえ》が探っているのは、『美濃屋』の娘のかどわかしだ。それなら、藤浪のことを知っているだろうか。

そんなことを考えながら歩いていると、『美濃屋』に着いた。客が大勢いて、奉公人たちがひっきりなしに立ち働いている。

その中で、土間にいる紺色の法被《はっぴ》を着た、背が低く唇が分厚い、細目の男があれこれ指図していた。

指示を受けた奉公人たちは、

「はい、番頭さん」

と、答える。

「すみません。ちょっとお伺いしますが」

巳之助は番頭に横から声を掛けた。

「なんでしょう？」

番頭は振り向く。

「こちらによく藤浪三四郎《さんしろう》さまというご浪人がいらっしゃっていませんでしたか」

巳之助はいきなり切り出した。

「藤浪さまというと、もしやあの殺された？」

「はい」

「近所なので、時たま顔を合わすくらいですが……」

番頭は何でそんなことをきいてくるのだろうという目をしている。

「実は、あっしは巳之助といいまして、藤浪さまの親戚に頼まれてやって来たんです。藤浪さまは生前方々で借金をしていたそうで、どこでいくら借りていたかを調べているんです。親戚の方はちゃんとお返しにあがらないといけないということで」

巳之助は予め考えていた作り話をした。

「私が知る限りでは、藤浪さまに金を貸しているということはありませんが」

番頭は思い出すような目をして、

「そういえば、以前、藤浪さまがうちの裏口から出てきたことがありました。旦那は親切で困った人に金を貸すことがよくあるんです。お侍さまだと体裁が悪いのか、こそこそと返しに来ることがございます。藤浪さまが旦那に金を借りていたことを黙っていてくれ、と口止めしていたということも考えられなくはないです。ちょっと旦那にきいてきましょう」

と、畳に上がろうとした。

その時、店座敷の奥にいた、同じ紺色の法被を着た整った顔の男が近づいてきた。

「仕事に戻れ」

男は注意した。背の低い番頭は「はい」と答え、巳之助に会釈してその場を離れて行った。

巳之助は新しく来た顔の良い男に目を向けた。

「あの、私はここの一番番頭の弥三郎《やさぶろう》ですが、いま小耳に挟んだのですけど、藤浪さまが何とかかと仰いましたか」

弥三郎は真剣な顔をしてきいてくる。

「ええ」

巳之助は頷《うなず》いた。

「藤浪さまの何をお調べで？」

弥三郎はすぐさま訊ねた。

「藤浪さまは方々で借金していて、親戚の方がそれを返さなければならないので、どこでいくら借金をしていたか確かめて回っているんです。こちらにもよく来ていたと聞くので、もしかしたらと思いまして」

巳之助は説明した。

「藤浪さまに親戚なんていましたっけ？」

「はい、遠い親戚の方が」

巳之助は誤魔化《ごまか》した。

弥三郎は疑っているようだったが、

「藤浪さまはここに来ることはありませんでしたよ。まして、借金などはありません。きっと、誰かが間違えてあなたに伝えたのでしょう。ただ近所だというだけで、藤浪さまはうちとは何ら関係はありません」

と顔を曇らせ、はっきり言った。

どうして、こんなにむきになって否定するのだろうと思った。

「ところで、杉浦新介さまという藤浪さまの門弟の方はこちらに来ていませんでしたか」

巳之助は杉浦の羽振りがよくなったのも、『美濃屋』と関係があるのかもしれないと思ってきいた。

「知りません」

弥三郎は急に冷たく言い放つ。

巳之助はさらにきこうとしたが、

「すみません。ちょっと、いま店の方が忙しいので」

と、帰ってくれとばかりに弥三郎が言った。

巳之助は「お邪魔しました」と素直に帰った。


その日の夜、巳之助は太吉郎に杉浦新介と藤浪三四郎について説明した。

「杉浦は矢場の女のことで、藤浪と揉めています。それに、急に羽振りがよくなって、吉原《よしわら》で豪勢に遊んでいるようです」

「じゃあ、女の件と、金目当てで殺したんですかね」

太吉郎がきいた。

「そうだと思います」

巳之助は頷いた。

「藤浪はそんなに金を持っていたんですかね」

「噂では、『美濃屋』に時たま出入りしているようなんです。その時に、旦那の庄《しょう》左衛門《ざえもん》から金を借りていたのかもしれません」

何人かが、藤浪が『美濃屋』に出入りしていると言っていた。そして、『美濃屋』

から出て来るときに懐が暖かくなっていたようだ。

だが、『美濃屋』の一番番頭の弥三郎は出入りを否定していた。ただ、喜多郎《よしたろう》は藤浪が体裁を気にして、こっそりと庄左衛門に金を借りに来たのではないかとにおわせていた。

そうだとしても、毎回金を借りられるわけはない。

金を借りるというよりも、貰っていると考えた方が自然ではないか。そのことを巳之助は口にした。

「もし、『美濃屋』の旦那が金を渡していたのだとしたら、何のためなんでしょうね」

太吉郎は腕を組み、考え込んだ。

「もしかしたら」

巳之助は、はっとして、

「脅していたのでは……」

「えっ、脅していた？」

太吉郎がきき返す。

「『美濃屋』の旦那の秘密を握っていれば」

巳之助は呟いた。

「だとしたら、『美濃屋』が杉浦をそそのかして、藤浪を殺させたということも考えられますね」

太吉郎が興奮気味に言ってから、

「でも、旦那の秘密って何でしょうね」

と、考え込んだ。

「ちょっと、確かめてきます」

巳之助は腰を上げた。

「えっ、どこへ？」

太吉郎は目を丸くする。

「別件で『美濃屋』を調べている者がいるんです」

巳之助はそう言い残して、家を飛び出した。

それから、半刻（約一時間）後、巳之助は田原町《たわらまち》の九郎兵衛の長屋に着いた。家の中から灯りが漏れている。

腰高障子を叩くと、

「誰だ」

野太い声が聞こえてきた。

「巳之助です」

声を潜めて言うと、

「入れ」

返事があった。

巳之助は障子を開けて、土間に入る。奥の庭沿いの障子が開けられていて、風が吹き抜けて気持ちが良い。

九郎兵衛は部屋で、愛刀の三日月を手入れしていた。脇には一合徳利が置いてある。

巳之助は上がって、九郎兵衛の正面に腰を下ろす。

「やっぱり、来たか」

九郎兵衛は刀を掲げると、舐めるように見て、鞘《さや》に仕舞った。

「ちょっと、ききたいことがあるだけです。旦那たちと組む気はありませんから」

巳之助はまず断った。

九郎兵衛はそんなことは気にしない様子で、

「で、何だ？」

と、きいてきた。

「『美濃屋』のことなんですが、まず、藤浪三四郎という浪人を知っていますか」

巳之助は改まった声で言う。

「いや、知らない」

九郎兵衛は小さく首を横に振った。

「この間、御宿稲荷《みしゅくいなり》神社の境内《けいだい》で殺されていた者です」

「ああ、あいつか。半次《はんじ》が言うには、あまりいい噂のある男じゃないみたいだ」

「ええ。藤浪は門弟が五人しかいないのに、金に余裕はありまして、どうやら時々『美濃屋』に出入りしていたようなんです。それで……」

巳之助が続けようとしたが、

「藤浪が『美濃屋』を強請《ゆす》ったのか」

と、九郎兵衛が口を挟む。

「わかりませんが、そういうことではないかと考えたんです」

巳之助はそれから、二番番頭の喜多郎に話をしてみると、旦那に確かめてくれようとしたが、近くにいた一番番頭の弥三郎がやって来て、そんなことはないとむきになって否定したことを伝えた。

九郎兵衛は腕を組みながら、興味深そうに話を聞き、

「『美濃屋』は複雑なんだ」

と、ぽつりと言った。

「複雑？」

「旦那の庄左衛門は元々、芝神明町《しばしんめいちょう》で小間物屋をしていた。それが、先代が死んだ折に遺言があって、娘のおまきの後見人になり、婿《むこ》が来るまでの繋ぎの旦那ということになっている」

九郎兵衛は酒を口にしてから、

「庄左衛門は追剝《おいはぎ》をしていた過去があるらしい」

と、低い声で言った。

「追剥？」

「そうだ。藤浪はそれを知っていて、金を強請っていたということも考えられるな」

九郎兵衛はニヤリと笑い、

「見えてきた気がする」

と、呟いた。

「見えてきた？」

「おまきが行方不明になった真相だ」

「まさか、庄左衛門が？」

「…………」

九郎兵衛は何も答えず、

「どうだ、お前も加わらねえか」

と、誘ってきた。

「いえ」

巳之助は短く拒んだ。

「お前の調べていることと、俺のやろうとしていることがどこかで繋がっている気がするだろう？」

九郎兵衛は自信ありげに言う。

「まだわかりませんので。ともかく、ありがとうございました」

巳之助は礼を言って、早々と引き上げた。

二

翌日の朝、小梅村《こうめ》に着くと、南風が強く吹いていて、いくらか暑さが和らいで感じられた。土埃《つちぼこり》と共に、水車が勢いよく回る。最後とばかりに力を振り絞って鳴いている蝉の声も聞こえる。

九郎兵衛はそれを横目に小屋に入った。

すでに、小春《こはる》、半次、三津五郎《みつごろう》が揃っていた。しかし、皆の表情は曇っていた。

「どうした、そんな辛気くさい顔して」

九郎兵衛はそれぞれを見て言った。

「旦那、おまきの姿を見た者はいないよ」

小春が思い詰めたように言う。

「そうか」

九郎兵衛は軽く頷いた。

「旦那、随分余裕そうな顔ですね」

三津五郎が嫌味っぽく言う。

「実はな、昨日の夜、巳之助がうちにやって来た」

「えっ？」

三人の声が揃った。

「巳之助は何をしに？」

半次がきく。

「あいつは六月十四日にあった御宿稲荷神社の殺しの件を調べている。それで……」

九郎兵衛はかいつまんで巳之助が来たわけを話し、さらに藤浪が庄左衛門を脅していたかもしれないことを伝えた。

三人は興味深そうに相槌を打ちながら聞き、

「するってえと、庄左衛門はおまきを消して、さらには藤浪という過去を知ってい
る男も殺したってことになりませんか」

三津五郎が合点したように、声を上げる。

「おまきに婿が来れば、先代が庄左衛門に託した用は済んだことになる。そしたら、
庄左衛門は『美濃屋』を出て行くことになるだろう。だから、おまきが突然いなく
なったことにしたんだ。もしかしたら、殺してどこかに埋めているかもしれねえ
な」

半次も深刻そうに言う。

「待って」

小春はふたりが盛り上がっているところに水をさすように言った。

「また、いちゃもんつけるのかよ」

半次は呆れたように言う。

「だって、まだわからないじゃない」

「わからないだと？」

「庄左衛門が追剝をしていたというのは確かな話ではないでしょう？　それに、藤浪が庄左衛門を強請っていたという証もないじゃない」

「だが、『美濃屋』に来て金を貰っていたようなんだぞ」

「いつも何かの仕事をして、報酬を貰っていただけかもしれないでしょう」

「何かの仕事って？」

半次が意地になってきき返す。

「わからないけど……」

小春が言葉に詰まると、

「いい加減なことを言うんじゃねえ。藤浪が庄左衛門を脅していたに決まっている。だから、殺されたんだ。庄左衛門はそんな人間だから、娘のおまきも自分が店を乗っ取るためにどうにかしたんだ」

半次はここぞとばかりに言い返した。

九郎兵衛は腕を組みながら、目を閉じ、黙って聞いていた。

「でも、おまきが殺された形跡はないじゃない。死体を埋めるにしたって、番頭の弥三郎の目があるから、店の敷地では無理なはずよ。死体をどこかに運ぶっていいったって、そんな都合のいい場所があるかしら」

小春は冷静に言い返した。

「おまきは百日参りの時に、鎌倉神社で連れ去られた。夜だったから、人目につかないように、攫《さら》うことが出来たんだ。まさか、庄左衛門自ら手を下すことはないだろうから、誰かに頼んだに違いない」

半次が決めつけた。

「俺もそう思う。その誰かっていうのは大迫《おおさこ》のような気がしねえか」

三津五郎がそれに乗る。

小春はそんな半次と三津五郎を呆れたように見てから、

「旦那はどう思うの？」

と、九郎兵衛に顔を向けた。

九郎兵衛は目を開き、

「たしかに小春の言う通り、おまきが殺された形跡はない。だから、まだどこかで生きていると思う。藤浪が庄左衛門を脅していたかどうかは、俺たちにとってはどうでもいいことだ。だが、もしも藤浪殺しが庄左衛門の指図によるものだとしたら、おまきもどうなっているのか心配だ。それに、大迫は駆け落ちの嘘まで吐いて、俺を騙そうとした。明らかに怪しい。三津五郎が言うように、大迫がおまきの失踪に関わっている気もする」

　九郎兵衛はまとめた。

　三人は黙って聞いている。

「どうだ？　何かあるか？」

　九郎兵衛は三人をじろりと見て、きいた。

「いえ、旦那の言う通りかもしれません」

　まず、三津五郎が言った。

「そうだな」

　半次は大きく頷く。

「小春、お前はどうだ？」

　九郎兵衛は小春に優しくきいた。

「旦那の言うことに一理ある気がするわね」

　小春も認めた。

「大迫がおまきの失踪に関わっているとみていい」

九郎兵衛が強い口調で言い、

「大迫を尾けてもらいたい。俺は大迫に顔が割れているからダメだ。それに、三津五郎も柳橋《やなぎばし》で一緒にきき込みをしていたから、用心して外しておこう」

九郎兵衛がそう言うと、

「じゃあ、私が尾けるわ」

小春が名乗り出た。

「俺が」

一拍遅れて、半次も手を上げた。

ふたりは睨み合い、

「俺の仕事だ」

「いや、私の！」

と、取り合おうとする。

「ふたりでやればいい」

九郎兵衛はあっさり言った。小春と半次は何か言いたげだったが、「わかりました」と素直に従った。

「三津五郎、お前は庄左衛門に目を光らせておけ。俺は大迫の取り巻きたちに話を聞いてみる」

九郎兵衛は指示して、それから四人は小屋を出た。

小春と半次は言い争いを止めない。だが、どこかじゃれているようにも聞こえる。

九郎兵衛は苦笑しながらふたりを横目で見た。

四人は吾妻《あづま》橋を渡った。


九郎兵衛は居酒屋『山川《やまかわ》』を訪れた。ここは、九郎兵衛が用心棒を頼まれた店で、ごろつきが暴れたのを収めたことで、大迫がやって来て対峙《たいじ》することになった。

半月しか経っていないのに、何だか懐かしい気がした。

『山川』にはまだ暖簾《のれん》が掛かっていなかったが、店に入ると主人とおかみさんが掃除をしていた。

「すみません。まだ」

主人は振り向くなり、

「あっ、松永《まつなが》さま」

と、声を上げた。近くでおかみさんも九郎兵衛に頭を下げる。

「あれから変わりないか」

九郎兵衛はきいた。

「ええ、おかげさまで。あのごろつきたちが大人しく呑むようになりました」

主人は嬉しそうに言う。

「相変わらず来ているんだな」

九郎兵衛はほくそ笑み、

「あいつらの誰でもいいから、どこに住んでいるかわかるか」

と、訊ねた。

「ひとりはこの裏長屋に住んでいる亀吉《かめきち》ですよ」

「どこの家だ」

「一番奥の左手です」

「そうか。邪魔したな」

九郎兵衛がそれだけ聞き、店を出て行こうとしたら、

「あの、また用心棒を頼みたいのですが」

主人が澄んだ目で見てくる。

「最近忙しいから、また暇になったら考えておく」

九郎兵衛は振り払うように言って店を出て、裏長屋へ行った。

長屋木戸をくぐると、正面から駆けてきた男と肩がぶつかった。

「痛《いて》えな」

男は舌打ち交じりに呟いて振り向くなり、

「あっ、松永さま……」

と、怯《おび》えるような目を向けた。

「亀吉だな」

大迫は低い声で呟く。

「え、どうして、あっしの名前を？」

亀吉は肩をすくめて、警戒している。

「『山川』の親父《おやじ》に聞いた。お前に話がある」

九郎兵衛は言った。

「ちょっと、いま急ぎの用で……」

「そう長くはかからない」

九郎兵衛は有無を言わせず、

「正直に話せよ」

と、釘を刺した。

「は、はい……」

亀吉は怯えるように、唇を震わせて答える。

「この半月くらいで、大迫の様子に変わったところはないか」

「変わったところ？」

「たとえば、女が出来たとか、金回りがいいとか、どこかへ出かけているとか、何でもいい」

九郎兵衛は例を挙げた。

「金回りはそんなに変わらないと思います。でも、そういえば、昨日、日暮里《にっぽり》で見かけました」

亀吉は首を傾《かし》げた。

「大迫は日暮里に何しに行ったんだ」

九郎兵衛はきく。

「さあ」

「知り合いがいるとか?」

「わかりません」

「ひとりだったか」

「そうです」

亀吉は頷いた。

「日暮里か……」

九郎兵衛は呟いた。

「あの、もう行ってもよろしいですか」

「ああ」

亀吉はそそくさと逃げるようにして、長屋木戸を出て行った。

九郎兵衛も踵《きびす》を返し、木戸を出てから空を見上げた。

日暮里か……。

九郎兵衛は真相に近づいている手ごたえを感じた。

三

鎌倉町はすっかり静まり返っている。九つ（午前零時）を過ぎていた。

巳之助は『美濃屋』の塀を乗り越えた。音を立てずに庭を横断して、母屋の床下にもぐりこんだ。それから這《は》って奥に進み、人気《ひとけ》のないのを確かめて床板を外して、上がった。

そこは納戸《なんど》部屋だった。

簞笥に上って、天井裏に出た。

鼠《ねずみ》が駆けずり回る軽やかな音だけが巳之助の耳に伝わってくる。

巳之助は庄左衛門の部屋を探した。その途中で下から微かに灯りが漏れているところがあった。

巳之助はそこで足を止め、狭い隙間から下を覗いた。

男女が向かい合って、声を潜めて話している。

「おまきはまだ見つからないのかい」

女の高い声が聞こえる。おまきと呼び捨てにしているところから、おまきの母親だろうか。祖母だとするには、声が若すぎる。

「ああ、いま浪人に調べさせているからもう少しだ」

男の渋い声がした。

「その浪人、本当に使えるのかえ」

女は語尾を上ずらせ、信用していない様子だ。

「ああ、腕は間違いない。ただ、邪魔をする者がいるんだ」

男は低い声で言った。

「誰だい」

女がすかさずきく。

「旦那だ。旦那が大迫権五郎《ごんごろう》を使って、俺が雇っている浪人に嘘を吹き込んだんだ」

「そう、庄左衛門が……」

女は呟いて、

「じゃあ、おまきのことは庄左衛門がやったのかしら」

「そうかもしれない」

「でも、あの男がそこまで？」

「おまきさんさえいなければ、この店は旦那のものだからな。それに、喜多郎も仲間だ」

「えっ、喜多郎も？」

「ああ、やたらと旦那の肩を持つ」

「でも、喜多郎は先代に恩があるじゃないかえ」

「きっと、自分の側についたら出世を約束するとか何とか言われたんだろう」

「酷い奴だね。全く……」

女は呆れたようにため息をついた。

「旦那は俺たちのことに気づいているかもしれない」

男が口にする。

「えっ？　どうして？」

「最近、やけに警戒しているんだ。さっきも、ここに来る途中で偶々厠《たまたまかわや》に行く旦那に出くわしたんだ。そしたら、『番頭さん、どこへ行くんだい』ときいてきた」

「偶々じゃないの？」

「いや、あの目つきは疑っているようだった。俺たちのことが気付かれていなかったとしても、俺のことは怪しいと思っているはずだ」

「どうして？　何かしたの？」

「いや、何もしていないが……」

男が言葉に詰まる。

「なら、平気よ。あの、何にでも疑い深かった前の亭主も、私たちのことを全く気付いていないようだったじゃない」

女はあっけらかんと言う。

「よく考えてみろ。先代も疑っていたんじゃないか」

「考えすぎよ。最近、ちょっとおかしいんじゃない？」

「おかしい？」

「何にでも疑い深くなっているでしょう」

「そうかな」

「何があったの？　お前さんがそんな風になるってことは、余程のことがあったに違いないね」

女が問い詰める。

「何でもない」

男は即座に否定した。

「そう？」

女は納得できないような声できき返す。

「それにしても、先代はおまきの後見人にあんな男を呼び入れて……」

男はため息交じりに呟いた。

「やっぱり、庄左衛門はこの店を乗っ取ろうとしているんだろうね」

女が厳しい口調で言った。

「庄左衛門はいずれどうにかしないといけないな」

「どうにかって？」

「………」

「何考えているの？」

「いや、特に……」

男は押し黙った。

それから、すぐに男は「あまりここにいると怪しまれるかもしれない」と女に告げて、部屋を出て行った。

巳之助もこの部屋の天井裏を離れ、他の場所に移った。

半刻（約一時間）ばかり『美濃屋』に潜伏して、庄左衛門の居場所はわかった。

そっと覗いていると、突然庄左衛門は起き上がり、息を殺して、天井を見た。

音を立てていないのに、巳之助に気が付いたのだろうか。

巳之助は何もしないでその場を離れ、またすぐに探りに入ろうと心に決めて『美濃屋』を後にした。

それにしても、さっきの会話の男女は何者なのだろうか。

話している内容から、どうやら男は番頭の弥三郎のようだ。

内儀《おかみ》と弥三郎が出来ている。

翌日の朝、巳之助は鎌倉町の杉浦の裏長屋までやって来た。長屋木戸をくぐり、杉浦の家の前に立つと、後ろに気配がする。

さっと振り向いた。

「またお前さんか」

以前、ここに来たときに杉浦と舟宿で会ったと教えてくれた職人風の男が立っていた。

「ああ、どうも」

巳之助は頭を下げる。

「この間は杉浦さまと会えましたか」

職人がきいてくる。

「ええ、おかげさまで」

「そいつはよかった。ところで、今日もまた杉浦さまですかい」

「はい」

「またいないですよ。昨日から帰って来ていません」

「帰って来ていない？」

「また吉原だと思うんですけどね。というのも、あっしの知り合いで、杉浦さまとも顔見知りの行商人がいるんですけど、今朝、吉原の大門《おおもん》を入ってすぐのところで偶々会ったそうなんです。そしたら、いきなり大声で怒鳴りつけられたと言っていました」

「怒鳴りつけられた？　どういうことです？」

「さあ、その男も何が何だかわからないそうで。多分、虫の居所が悪かったのだろうということで、気にしないようにしているそうですけど」

職人は何気なく言う。

しかし、巳之助は引っ掛かった。巳之助が裏長屋を離れようとすると、

職人が忠告した。

「近づかない方がいいと思いますよ」

「はい」

巳之助はとりあえずそう答えて、吉原へ歩いて向かった。

半刻（約一時間）もしないうちに、吉原へ辿《たど》り着いた。

大門をくぐり、すぐ左手にある面番所を訪ねた。ここは、お尋ね者が出入りして

いないか見張る場所で、与力や同心が岡っ引きを従えて、交替で詰めている。

三十半ばくらいの細面で、きつい目つきの同心が目を光らせていた。

「あの、すみません」

巳之助は声を掛ける。

「なんだ」

同心は巳之助を一瞥《いちべつ》したが、すぐに大門に鋭い眼光を戻した。

「今朝、ここでご浪人が行商人に怒鳴っていたと聞いたんですが……」

巳之助は切り出した。

「なんで、そんなことときくんだ」

「その浪人があっしの知り合いなんです。普段は温厚な方なので、本当に怒鳴ったのか気になって」

「ああ、そういうことか。そういえば、何やら揉めているようだったな」

「その男はどうなりましたか」

「いや、特にどうってことはない。聞いたところによると、ちょっと女に騙されてむしゃくしゃしていたところに顔見知りのあまり好かない男が来たので、腹を立てて、つい声を荒らげてしまったということだ」

　同心は気のないように言い、

「女に騙されたって言っているけど、多分、金がないのに居続けようとしたのを追い出されたんだ。それで、むしゃくしゃしていたに違いない。よくあることだ」

　巳之助はそれから杉浦を探したが、どこにも見つからなかった。

　念のために鎌倉町の長屋に戻ってみると、杉浦は帰って来ているようだった。

　巳之助は「ごめんください」と腰高障子を開けた。

　杉浦はひとりで酒を呑んでいた。もうだいぶ顔が赤らんでいる。

「お前は……」

　呂律《ろれつ》の回らない口調で、杉浦が言った。

「巳之助でございます」

「巳之助？　誰だったか」

「鋳掛屋《いかけ》です」

「ああ、そうだ。鋳掛屋の男だ」

　杉浦はなぜか陽気に言い、

「で、何しに来たんだ」

と、ぐいと酒を呑みながらきいた。同心の話では、かなり怒鳴り散らしていたようだが、まるで嘘のようだ。

「ちょっと、ききたいことがありまして」

「おう、何でもきいてみろ」

杉浦は機嫌が良さそうに言う。

「藤浪さまのことなんですが」

巳之助が口にすると、

「なんだ、そのことか。もう藤浪先生のことは俺には関係ないんだ。いつまでも死んだ人間を想っていても仕方ねえからな」

杉浦は急に怖い顔つきで巳之助を見た。

巳之助はその急変に驚いた。

「藤浪さまは『美濃屋』に出入りしていたようですが、どんなご用だったかご存知ですか」

「何でそんなことをきくんだ」

「藤浪さまは随分金回りがよかったそうで、『美濃屋』から金を借りていたんじゃないかと思いまして」

「そんなことはない。先生は元々、金を持っていたんだ」

「じゃあ、殺されたあと、その金はどうなったんですかね」

「知らねえ。もういいだろう、帰れ」

杉浦は言い放った。

「藤浪さまは吉原で遊んでいたそうですけど、ご存知でしたか」

巳之助は最後にきいた。

「知らない」

「杉浦さまは吉原で遊んだことは？」

「帰れ！」

杉浦は声を荒らげた。

「失礼しました」

巳之助は踵を返し、土間を出るときに振り返った。

杉浦は睨みつけていた。

その日の夜、巳之助は再び『美濃屋』に昨日と同じ時刻に忍び込んだ。弥三郎と内儀が話し合っていた部屋の天井裏に来ると、また声がした。

巳之助は微かな隙間から下を覗く。

「杉浦新介って浪人がやって来たわ」

内儀が突然言った。

「杉浦？」

弥三郎はきき返す。

「藤浪の門弟だそうよ。藤浪はお前さんを脅して、お金を貰っていたそうね」

「………」

「杉浦も同じように、私を脅してきたわ」

「それで、どうしたんだ」

「仕方ないから金を渡したのよ」

内儀は答える。

「いくら渡したんだ」

「十両」

「どこからその金を都合した？」

「自分の金を使ったの」

「どうしてそのことを言ってくれなかった」

弥三郎は責める。

「だって、お前さんに迷惑がかかるし、十両くらいなら何とかなるだろうと思って」

内儀は平然と言い返す。

「金を渡したらまた来るぞ」

「でも、そうしないと私たちのことがばらされちゃうじゃない」

「もし、もう一回来たら、俺のところに来るように言ってくれ」

「わかった。でも、杉浦はなんで私たちのことを知っているんだろうね」

内儀が不思議そうに口にする。

「杉浦は藤浪の門弟か。ということは、もしかして……」

「何なの？」

「いや、わかった気がする。俺が何とかするから」

弥三郎は自信ありげに言った。

藤浪は庄左衛門を脅していたと思っていたが、どうやらそうではなさそうだ。藤浪はこのふたりの関係を種に弥三郎を脅していたのだ。

門弟の杉浦新介は、藤浪が殺されてから羽振りが良くなった。

巳之助は、はっとした。

もしかしたら、弥三郎と杉浦が通じているのか。でも、そうだとしたら、どうして内儀を脅すのだろう。

杉浦は弥三郎に内緒で金を脅し取ろうとしたのか。

だが、その証をどうやって見つけ出せばよいのだろうか。

その時、脳裏に九郎兵衛の顔が浮かぶ。

なるべく助けは借りたくないが……。

巳之助は悩みながら、帰路に就いた。


巳之助は翌日の朝に田原町に住む九郎兵衛を訪ねた。腰高障子を叩くと、

「誰だ」

野太い声がする。

「巳之助です」

そう答えると、すぐに腰高障子が開いた。

「昨日小梅村に来ると思っていたのにな」

九郎兵衛は苦笑いする。

「いえ、昨日『美濃屋』に忍び込んだんです」

「何かわかったか」

「ええ、だいぶわかりました」

「詳しく聞かせてくれ」

九郎兵衛は中に招き入れ、

「その前に、お前が『美濃屋』に目を付けた理由をもう一度教えてくれ」

と、訊ねてきた。

「御宿稲荷神社で藤浪三四郎が殺された話はしましたよね」

「ああ。下手人として疑われているのが、『下総屋』の勘当された若旦那だな」

「太吉郎さんです」

「下手人なんかに、さん付けするのか」

九郎兵衛が鼻で笑い、莨《タバコ》に火をつけた。大きな銀煙管《ギセル》から、太い煙がもつれ合うように天井に上る。

「やっぱり、真の下手人じゃなかったんですよ」

巳之助は低い声で囁いた。

九郎兵衛は煙管を口から離し、

「死体の傍に太吉郎の莨入れが落ちていたのと、藤浪と揉めていたこと、さらには剣術を習っていたことで疑われていたんだったな」

と、確かめた。

「はい」

巳之助は頷く。

「太吉郎は下手人じゃないと言っているけど、そいつが嘘を吐いていることも考えられるだろう？」

「いえ、それはありません」

「どうしてだ」

「そんな人ではありませんから」

巳之助は声を強めた。

「相変わらずだな……」

九郎兵衛は軽く嗤《わら》い、

「で、下手人と『美濃屋』が関係していると摑んだんだな」

と、察したように言う。

「はい。藤浪はあまり門弟も多くないのに、金に余裕のある暮らしを送っていたんです。時たま『美濃屋』へ行った後は必ず上機嫌で、金を貰いに行ったのだと睨みました」

「なるほど」

九郎兵衛は相槌を打つ。

巳之助は続けた。

「忍び入る前は、旦那の庄左衛門から金を貰っていたと思っていたのですが、どうやら違うようです。番頭の弥三郎が内儀と密通しているんです」

「なに、密通？」

九郎兵衛は目を剝《む》いた。

「ええ」

巳之助は頷き、昨夜見てきたことを語った。

九郎兵衛は膝を乗り出して、興味深そうに聞いてから、

「何かわかってきた気がする」

と、目を輝かせた。

「何がわかってきたんです？」

巳之助はきいた。

「いや、こっちの話だ。それより、わざわざそれだけを伝えにここに来たわけではなかろう」

九郎兵衛は見透かすように言う。

「ええ、この間言っていた話、あっしも手伝いますから、三日月の旦那にも力を貸して頂きたいんです」

巳之助は真剣な目をした。

「皆、喜ぶだろう。で、どうしたいんだ」

「太吉郎さんの無実を証明したいんです。それには、杉浦の自白が必要です」

「つまり、杉浦は金目当てで藤浪を殺したんだな。その杉浦は、内儀と弥三郎の密通を藤浪から聞いていた。それで、内儀を脅して金を巻き上げた」

九郎兵衛がずばり言った。

「はい」

巳之助は頷く。

「弥三郎がそんなことをしているとなると……」

九郎兵衛はしばらく、考え込む。

「旦那、大丈夫ですか？」

巳之助は顔を覗き込むようにきく。

「どうやら俺も騙されていたみたいだな。とりあえず、おまきの件を片付ける」

九郎兵衛は意気込んで言った。

おまきは無事でいる。それを確信した。

四

九郎兵衛は御成街道を通って上野まで行き、池之端《いけのはた》を根津《ねづ》の方に抜けた。

途中の屋台や露天商などに大迫の容姿を伝え、三日前に見かけなかったか訊ねてみると、何人かは見たと答えた。この者たちの話では、大迫はひとりで歩いていたそうだ。

寺町を通って進むと、田圃《たんぼ》が広がり、寺社、大名屋敷、民家などが溶け込んでいた。

やがて、九郎兵衛は諏訪台《すわだい》の麓までやって来た。この台地を上がったところには、諏方《すわ》神社がある。八重桜の名所で、去年の春には半次、小春、三津五郎と共にここまで足を延ばし、酒を呑んだり、団子を食べたり、土器《かわらけ》投げを楽しんだ。

この時節なので客は少ないが、短冊を手にしながら、俳句を捻っている一行の姿が見受けられる。

九郎兵衛は石段の手前にある水茶屋に入った。客は一組しかいない。品の良い娘とお付きの中年が床几《しょうぎ》に腰を掛けて、楽しげに話しているだけだ。

九郎兵衛が店の奥を覗くと、前掛けをした若い娘が小走りにやって来て、

「いらっしゃいませ。あちらへどうぞ」

と、手のひらを上にして示した。

「いや、ちょっと、ききたいことがある」

九郎兵衛は立ったまま訊ねた。

「はい、何でしょう」

娘は軽く首を傾げる。

「三日前、ここらで力士のような大きな浪人を見かけなかったか」

「力士のような大きな浪人……。あ、見かけました」

「そいつは、ひとりだったたか」

「はい」

「どこで見かけたんだ」

「店の前を通って行きました」

娘はそう答えてから、

「そういえば、五日くらい前にもお見えになりました」

と、思い出したように言った。

「五日前？」

九郎兵衛はきき返す。

「はい。その時は青洲《せいしゅう》先生のところにいる小僧さんが忘れ物だとか言って、何か届けていましたよ」

「青洲先生？　誰だ、それは」

「ここらで有名なお医者さまです」

「青洲はどこに住んでいるんだ」

「宗福寺《そうふくじ》の近くで、音無川《おとなしがわ》沿いの茅葺《かやぶき》屋根の大きなお家です」

「そうか」

九郎兵衛はそれだけ聞くと、水茶屋を出て、先に進んだ。しばらく歩くと、突き当たりには道灌山《どうかんやま》が見える。諏訪台と同じく眺望の良いところで、庶民の行楽地になっている。特にもう少し涼しくなると、虫聴きの名所として賑わう。さらには、道灌山には薬草が豊富に生えており、多くの人が採取に訪れる。

九郎兵衛は突き当たりを右に曲がり、しばらく真っすぐ進んだ。

すると、音無川が見えてくる。

そこを渡ると、民家が点在していた。どこも広々とした構えで、いかにも田舎らしい茅葺屋根である。

これではどこが青洲の家なのかわからないので、近くを歩く鍬《くわ》を肩にかけている百姓に、

「青洲という医者がこの辺りに住んでいるな」

と、訊ねた。

「ええ、あそこです」

百姓は三軒先の大きな囲いをしてある家を指した。

九郎兵衛は頷いてから、

「青洲とはどんな人なんだ」

と、きいた。

「もう本当に優しい方ですよ。あまり儲けようという了見がないんじゃないかと思うんです。とにかく、金がなくても診てくれるんです。もう、ありがたいの何の」

百姓が話した。

「そうか」

九郎兵衛は百姓と別れ、青洲の家の門をくぐった。広い庭の真ん中辺りで、十二、三歳くらいの小僧が掃除をしている。

小僧は九郎兵衛に気が付いたようで、

「先生はちょっと出かけておりますが」

と、言った。

「いつ帰って来るんだ」

九郎兵衛は小僧に近づいた。

「道灌山の麓のお宅に往診に行っていますが、もうじき帰って来ると思います」

「そうか」

「お侍さまはどんなご用で？」

小僧が何気なくきいたので、

「俺は大迫の知り合いの者だが」

と、言った。

「大迫さまのお知り合い。何かありましたか」

小僧が心配そうにきく。

「大迫は三日前ここに来たな」

九郎兵衛はまず確かめた。

「はい」

小僧は頷いた。

「その時、何か青洲先生が言い忘れたことがありそうだということだ。それを聞いてきてくれとの願いでな」

「そうですか。わざわざ大変ですね。大迫さま、ご自身で来ればよろしいのに」

「いや、あいつは今日忙しいんだ」

九郎兵衛がそう言うと、門が開く音がした。

振り返ると、五十歳くらいで、白髪交じりで面長の男が入って来た。九郎兵衛と目が合うなり、頭を下げた。

「先生、大迫さまから頼まれて来られた方です」

小僧が説明した。

「大迫さまから？　まあ、どうぞ、中へ」

九郎兵衛は青洲に付いて行った。土間で履物を脱ぐと、奥の庭が見える部屋に通された。

ふたりは向かい合って座る。

「大迫が言うには、先生が何か伝え忘れたことがあるから聞いて来いとのことだ」

九郎兵衛はいきなり切り出した。

「伝え忘れたこと？　何でしょうな」

青洲は首を傾げる。

「おまきのことだと思うが」

「おまきは元気にしております」

やはり、ここにおまきがいる。

「呼んできてくれないか」

「わかりました」

青洲は小僧に言い付けて、おまきを呼んでこさせた。

おまきは九郎兵衛を見るなり、不思議そうに、

「何の用ですか」

と、きいてきた。

「実は、お前がかどわかされたから探してくれ、と番頭の弥三郎に頼まれたんだ」

「えっ、弥三郎が」

「待て、早まるな。どうやら、俺は騙されていた。弥三郎は内儀と出来ているらしいな」

「やはり、そうですか。怪しいと思っていました」

「俺はお前の味方だ」

「…………」

おまきは訝《いぶか》しそうに九郎兵衛を見る。

「このお方は信じてもいい」

青洲がおまきに告げた。

「正直に答えて欲しい」

九郎兵衛は改まった声で言う。

「はい、わかりました」

「どうして、お前はここに逃げてきたんだ」

「百日参りをしている時に、怪しい人影があったので、急いで逃げてきたんです。そのことを義父に話したら、しばらく考えていて、おじさんのところに逃げた方がいいと言われました」

「おじさん?」

九郎兵衛はきき返す。

「私は先代の弟なんです。庄左衛門さんに頼まれて、おまきを匿うことになりました」

青洲は口を挟んだ。

「大迫とはどういう関係だ」

「あの人は義父に頼まれて、私をここまで連れてきてくれたんです。時たま、こっちへ来て、お店の様子を報せてくれます」

「神社でお前を襲おうとしたのは誰だと思う?」

「多分、山吉《やまきち》だと思います」

「山吉というと、お前に好意を寄せていた口入屋の奉公人だな」

「ええ」

「山吉は何でそんなことを？」

「きっと、頼まれたのでしょう」

「誰に頼まれたんだ」

九郎兵衛は矢継ぎ早にきいた。

「…………」

おまきは答えない。

「弥三郎だな？」

九郎兵衛はきいた。

「証はありませんけど、多分……。弥三郎は内儀とつるんで、『美濃屋』を乗っ取ろうとしているんです。邪魔な私を亡き者にしようとしたに違いありません」

おまきが決めつけるように言った。

「そうか。後は俺に任せろ。全部丸く収めるから」

九郎兵衛は安心させるように言った。

「どうして、そこまでしてくれるんですか」

「俺を騙した弥三郎が許せないんだ」

九郎兵衛は力を込めて言う。

「ありがとうございます」

おまきは深々と頭を下げげる。

「松永さま、どうかよろしくお願いします」

青洲も頭を下げた。

九郎兵衛はふたりに見送られながら、青洲の家を後にして、鎌倉町へ向かった。


九郎兵衛が口入屋に顔を出すと、土間に山吉がいた。

「山吉」

九郎兵衛は声を掛ける。

山吉は振り向き、

「松永さま、何のご用でしょう」

と、顔をしかめた。

「ちょっと来い」

九郎兵衛は山吉を店の外に呼び出した。

「お前、おまきに何かしようとしたな」

九郎兵衛は睨みつけた。

「えっ、私は何も……」

「惚《とぼ》けたって無駄だ」

九郎兵衛は刀の柄《つか》に手を掛け、

「正直に答えないと、その首が飛ぶぞ」

と、鯉口《こいぐち》を切った。

山吉は首をすくめ、青くなった。

「お前の一存でやったのか？　それとも、誰かに頼まれたのか」

「……………」

「それによって、お前の罪が変わるぞ」

九郎兵衛は脅しをかける。

「頼まれたんです」

山吉は小さい声で答えた。

「誰に頼まれたんだ」

「『美濃屋』の番頭さんです」

「弥三郎だな？」

九郎兵衛は確かめた。

「はい、そうです」

山吉は認めた。

「そうか、わかった。許してやろう。だが、もう二度とおまきに近づくな」

「はい」

「もしも、約束を破ったら、その首が吹っ飛ぶぞ」

九郎兵衛は強く言い付けてから、『美濃屋』へ行った。

『美濃屋』の土間に足を踏み入れると、正面の帳場で弥三郎がそろばんを弾いていた。九郎兵衛は弥三郎に近づき、

「おまきの居場所がわかった」

と、耳打ちした。

「え？　本当ですか。どこにいたんです？」

弥三郎は目を見開いた。

「その前にお前にききたいことがある」

「はい、何でしょう」

「お前が山吉を使って、おまきを襲わせたそうだな」

九郎兵衛は、はっきりと言った。

「何を仰るんですか。ちょっと、こっちに来てください」

弥三郎は慌てて言い、九郎兵衛を奥の部屋に招じ入れた。

差し向かいになってから、

「山吉が白状した。俺を騙したな」

九郎兵衛が迫った。

「いや、これには色々、事情があります」

「黙れ！　全てわかっているんだ」

「本当です。仕事が終わったあと、本当のことを話しますから」

弥三郎が必死に訴えた。

九郎兵衛は怪しいと疑いつつも、

「いいだろう」

と、頷いた。

「この近くに御宿稲荷神社がありますから、その境内に暮れ六つ（午後六時）に来てください」

「わかった」

九郎兵衛は『美濃屋』を出て行った。

弥三郎は何か企んでいる気がしたが、そこに行かなければ解決できない。

五

八つ半（午後三時）を過ぎた頃であった。

巳之助は杉浦の様子を見に鎌倉町にやって来た。角を曲がったとき、前方に、三十半ばくらいの鼻筋の通った穏やかな顔立ちの男が見えた。

『美濃屋』の番頭、弥三郎だ。

すぐに、路地を入っていった。

杉浦の長屋だ。

巳之助はそこに向かった。

木戸をくぐり、杉浦の家の腰高障子の前に立った。耳を澄ませてみたが、声は聞こえない。隣の家を覗いてみると、留守のようだ。

巳之助は素早く戸を開けて入った。

杉浦の部屋との境の壁に耳を押し当てた。微かに人声が聞こえてきた。

「浪人をやっつけろというんだな」

杉浦の声がする。

「はい、お願いできますか」

弥三郎の渋い声が聞こえてきた。

「やらないでもないが」

杉浦はそう言ってから、

「それにしても、俺のところに来るとはな」

と、苦笑いしている。

「藤浪さまを殺したのは、杉浦さまなのでしょう？」

「俺を脅す気か？」

「いえ、そういうわけではありませんが」

「金はちゃんと用意してくれるんだろうな」

「はい、五十両でいかがでしょう？」

「今のところはそれくらいあればいいだろう。だが、今後お前のところにちょくちょく顔を出すかもしれねえ」

「そんなことするなら、藤浪さま殺しのことを奉行所に訴えます。杉浦さまとの付き合いは今回限りの方がお互いのためではありませんか」

弥三郎はきつく言い返す。

「わかった。五十両で引き受けよう。ただし、前払いだ」

「あの、いま半分の二十五両しかないんですけど」

「なに？　とりあえず、見せてみろ」

「はい」

やや沈黙があってから、

「仕方ない」

杉浦が渋々承知したようだった。

「ありがとうございます。では、暮れ六つに御宿稲荷神社でお願いします」

弥三郎が答えた。

巳之助は咄嗟《とっさ》に踵を返し、急いで長屋を出て、少し離れた場所に立った。

暮れ六つに御宿稲荷神社で浪人をやっつけて欲しいと言っていた。その浪人とは……。


巳之助はすぐさま田原町に急いだ。


巳之助が田原町に着いたのは、七つ（午後四時）くらいであった。まだ夏の陽は明るく、暑かった。

九郎兵衛の長屋を訪ねたが、やはり帰っていなかった。

他を探そうと長屋木戸を出たとき、

「巳之助」

と、声を掛けられた。

振り返ってみると三津五郎だった。

「旦那に会ってきたのか」

三津五郎がきく。

「いや、いないんだ」

巳之助は答える。

「いない？　俺も会いに来たのにな……」

三津五郎はがっかりして言った。

「どこか心当たりはないか？」

巳之助は訊ねた。

「いや、知らねえ。今朝会ったときには、もうおまきの行方はわかったから、後は弥三郎と話をつけるだけだと言っていた」

三津五郎はそう答えてから、

「それより、お前は何しているんだ」

「その弥三郎のことで、旦那に大切な話があるんだ」

「大切な話？」

「暮れ六つに、御宿稲荷神社で旦那は弥三郎と会うことになっている。そこに、杉浦が旦那を襲うために潜んでいるんだ」

「なんだって？」

三津五郎は驚いたように声を上げたが、

「でも、旦那のことだ。心配することはねえだろう」

と、楽観して言った。

「いや、そうじゃない。杉浦を斬ってしまうのが困るんだ」

巳之助は訴えた。

「なんでだ」

三津五郎は不思議そうにきく。

「とりあえず、旦那を探すのを手伝ってくれ」

巳之助は頼んだ。

「ああ、わかった。だが、お前は俺たちと組みたくなさそうだったじゃねえか」

三津五郎は皮肉っぽく言う。

「あの時は、俺が探っていることと、お前たちの件が繋がっているとは考えていなかった」

巳之助は正直に答えた。

「そんなら、もっと早く気付いていればよかったのに」

三津五郎は残念そうに言い、

「ともかく、俺は旦那が行きそうなところを探ってみる」

と、駆け出す。

巳之助も九郎兵衛を探しに奔走したが、探し出せなかった。

暮れ六つにそこに行けばいい。

太吉郎を救い出すために……。

巳之助はあることを思いついた。


御宿稲荷神社の境内に一歩足を踏み入れると、暮れ六つの鐘が、ごおーんと重たく鳴り響いた。

すでに、弥三郎が本殿の前で待っている。ひとりだけだ。

「松永さま、わざわざすみません」

弥三郎は頭を下げた。

「正直に話してくれるんだな」

九郎兵衛は言った。

「ええ、もちろんです。松永さまは誤解されていますので」

「誤解だと？　まあ、お前の言い分を聞いてやろうじゃないか」

九郎兵衛は鼻で軽く嗤った。

「まず何から話せばいいのか……」

弥三郎は迷ってから、

「松永さまは先ほど、山吉が白状したと仰っていましたよね」

と、切り出した。

「いかにも」

九郎兵衛は静かに答える。

「それは山吉が保身のために、嘘を吐いているんですよ。あいつはおまきさんのことをずっと狙っていた男です。何をしでかしてもおかしくありません」

弥三郎は言い切った。

「おかしい」

九郎兵衛は呟く。

「え？」

弥三郎はきき返した。

「俺がおまきのことを調べ始めた時、山吉について何と言ったか覚えているか？」

「………」

「山吉は気の弱い男だから、大それたことは出来ないと言っていたんだ」

「いえ、そう思っていたんですが、よくよく考えてみると……」

弥三郎は平然と言い訳をする。

「それに、おまきもお前が襲わせたと思っている」

九郎兵衛は追い打ちをかけるように言った。

「おまきさんが？」

「ああ。お前が内儀と密通していることも感づいているぞ」

「………」

弥三郎は俯《うつむ》いた。

「お前は庄左衛門を悪者に仕立てようとしていたが、本当はお前自身が『美濃屋』を内儀と一緒に乗っ取ろうとしたんだな」

九郎兵衛は問い詰めた。

その時、後ろから足音がした。

「おい、弥三郎じゃないか」

太い声がした。

九郎兵衛が振り返ると、がっちりとした浪人が弥三郎の方に向かってきた。

「おや、杉浦さま。こんなところでどうしたんですか」

弥三郎がわざとらしく言う。

「お前こそ、ここで何をしているんだ」

杉浦と呼ばれた浪人が九郎兵衛の脇に来たとき、急に殺気を感じた。

一瞥すると、杉浦が抜き打ちに斬りかかってきた。

咄嗟に避けると、刀が九郎兵衛の横を突っ切る。

「弥三郎、お前の差し金だな」

九郎兵衛は睨みつけ、刀を抜いて、杉浦に対峙した。

「お前が藤浪を殺した杉浦だな」

九郎兵衛が声を上げる。

杉浦は無言で斬りつけてきた。

九郎兵衛はその刀を弾く。だが、すぐにまた斬りかかってくる。

すると、反対側に光るものが見える。くるりと体を翻して、振り下ろしてくる刀を受け止めた。

痩せ形の背の高い浪人が思い切り力を込めてきた。

九郎兵衛は負けじと力を振り絞って、はね返した。

痩せた浪人は後ろによろめく。

しかし、すぐさま今度は後ろから杉浦が斬りかかってきた。

九郎兵衛は刀を弾く。

杉浦に刀を振り上げた時、もうひとりの浪人が切り込んできた。さっと体を翻して、浪人の胴に峰打ちを喰らわせた。

鈍い音を立てて、痩せた浪人はうずくまる。

「おのれ」

杉浦が歯ぎしりするように言って、今度は刀を突き出して向かってきた。

九郎兵衛は右に避ける。

杉浦は踏ん張って、さらに横一文字に斬りつけてきた。が、九郎兵衛は素早く杉浦の首筋を峰で打った。

「うっ」

杉浦は後ろに倒れた。

九郎兵衛は辺りを見回した。

いない。弥三郎の姿がない。

逃げられたと思ったとき、鳥居の方から足音が聞こえてきた。

振り返ると、巳之助が弥三郎の袖をしっかりと摑んでいる。

「旦那、捕まえましたぜ」

巳之助が言う。

「よくやった」

九郎兵衛は声を弾ませた。

「おい、弥三郎、もう観念するんだな」

九郎兵衛はじろりと弥三郎を見た。

弥三郎は腰を抜かしたのか、足ががくがく震えている。

「あとは巳之助、お前の番だ」

九郎兵衛は後ろに引いた。

巳之助は立ち上がれない杉浦の傍に近づき、

「あなたが藤浪三四郎を殺したんですね」

と、確かめた。

「…………」

杉浦は顔を背けて答えない。

「杉浦！」

九郎兵衛は刀を杉浦の首元に突き付けた。

「正直に言え。往生際が悪いぞ」

九郎兵衛が叱るように言う。

「そうだ。俺が殺した」

杉浦は消え入るような声で言った。

「藤浪の金を奪うために殺したんですね」

巳之助が、すぐさまきいた。

「……………」

杉浦は黙って頷く。

「それを裏で操っていたのは、番頭の弥三郎、お前だな」

九郎兵衛は鋭い目つきで弥三郎を見た。

「違う」

弥三郎は首を横に振る。

「違うだと？」

九郎兵衛は弥三郎に顔を向けた。

「藤浪殺しは関係ない」

弥三郎が必死に否定する。

「旦那、あっしはさっきこのふたりが示し合わせているところを立ち聞きしたんですが、どうやら弥三郎は関係ないようです」

巳之助が口を挟んだ。

「そうなのか？」

九郎兵衛は杉浦を一瞥する。

「ああ」

杉浦は認めて、

「俺は弥三郎と内儀が密通しているのを知って、内儀を脅した。だが、弥三郎は俺が藤浪を殺したのを知っていた。それで、半ば脅されて、お前を襲うことになったんだ」

と、諦めたような声で言った。

九郎兵衛と巳之助は顔を見合わせた。

すると、巳之助が、

「出てきてください」

と、声を発した。途端に鳥居の陰から同心の関小十郎《せきこじゅうろう》と岡っ引きの駒三が出てきた。

「杉浦、お前だったのか」

関が言い、

「駒三、縄をかけろ」

「へい」

駒三は杉浦に縄をかけた。

それから、関は弥三郎に向かって、

「お前も大番屋まで来てもらう」

と、言い付けた。

「はい……」

弥三郎が項垂《うなだ》れるように答えた。

それから、関は九郎兵衛たちを見て、

「あとでお前さん方にも話をきくことになる」

と言い、杉浦たちを引っ立てて、鳥居を出て行った。


数日後、九郎兵衛は『美濃屋』にやって来た。

土間に入ると、帳場にいた喜多郎が笑顔で出迎えた。

「松永さま、この間はありがとうございました。ちょうどいま、おまきさんが帰ってきたところです」

「それはよかった」

「旦那が是非、お礼をしたいと言っているのですが」

「うむ」

九郎兵衛は喜多郎に奥の部屋へ通された。

庄左衛門が座って待っている。

「この度は本当にありがとうございます」

庄左衛門が頭を下げる。

「ちょっと、不思議に思ったことがある」

九郎兵衛はいきなり言った。

「何でしょう?」

庄左衛門がきき返す。

「おまきを日暮里に隠した後、弥三郎に対して何もしなかったな。弥三郎はおまきがいなくなった後、店を乗っ取るために、お前を始末しようとするだろうと思い、それを待っていたんじゃないのか。だから、おまきがいなくなったと弥三郎が騒いでも、探そうとしなかったし、俺を拒んだ。お前は自分を犠牲にして、おまきを守ろうとしたんじゃないのか」

九郎兵衛は考えを話した。

「はい、仰る通りです。先代から弥三郎と内儀は怪しいと聞いていました。ふたりで『美濃屋』を乗っ取ろうとしているのではないかと疑い、私をおまきの後見人にして店を守ろうとしたんです。ところが、弥三郎はおまきを始末しようとしているようでした。だから、危険を察して、おまきを隠したんです。ただ、弥三郎を問い詰めるだけの証はありません。だから、次に私を何とかしようとするのを待っていたんです」

「どうして、そこまでするんだ」

「先代に恩義があるからです」

「恩義って？」

「実は、私は箱根の山中で追剝をしていました。その時に先代を襲ったところ、逆に諭されて、堅気《かたぎ》になるように支えてくれたんです。おかげで芝神明町で小間物屋を開くまでになりました。この御恩は一生忘れません」

庄左衛門は目を細め、遠くを見る目つきをした。

先代のことを思い出しているのだろうか。

「ということは、大迫もお前みたいに先代に世話になっていたのか」

「はい、そうです。だから、大迫さまにおまきのことを頼んだんです」

庄左衛門は答えた。

「そうか。内儀はどうしているんだ。ここから追い出すのか」

九郎兵衛はきいた。

「いいえ、おまきが許してやってくれと言うんで、このまま『美濃屋』にいてもらいます。おまきの言葉を聞いて、内儀も泣いていました」

「全て丸く収まったんだな」

九郎兵衛が腰を上げようとした。

「あの、これは少ないですが受け取ってください」

庄左衛門は懐から懐紙に包んだものを九郎兵衛の前に差し出した。

「いや、こんなものはいらない」

九郎兵衛は断った。

「そう仰らず、私の気持ちですから」

庄左衛門は押し付けるように渡した。

「わかった」

九郎兵衛は包みを摑んだ。十両はありそうだ。

「おまきによろしく伝えてくれ」

九郎兵衛は庄左衛門に告げ、『美濃屋』を出て行った。

外で三津五郎と半次と小春が待っていた。

「旦那、いくらになったんですか」

三津五郎がきいた。

「馬鹿野郎、俺は謝礼で動いたんじゃねえ」

九郎兵衛は謝礼のことを隠して、すたすたと歩いて行った。

「待ってくださいよぉ」

三人は不満そうに追いかけてきた。

その日の夕方、巳之助が仕事から帰ってくると、太吉郎と菊文字が上がり框《かまち》に腰を掛けていた。

「おやっ」

「勝手に待たせてもらいました」

菊文字が頭を下げた。

「あっしは勘当が解けました。『下総屋』は弟が継ぐことになりましたが、親父は菊文字とのことを許してくれました。近いうちに、祝言《しゅうげん》を挙げたいと考えているんです」

「じゃあ、菊文字さんの晴れ着姿を見られるんですね」

巳之助は声を弾ませた。

「でも、あれは売ってしまって、もうありませんから」

「いや、あの『会津屋《あいづ》』の旦那が菊文字さんのために取っておいてくれています。いつか来るこういう日のためにと……」

巳之助がそう言うと、菊文字の目に涙が浮かんだ。

「私たちは色んな人に支えられているんですね。浮世も捨てたもんじゃないと、今回のことでつくづく感じました」

太吉郎が感慨深そうに呟き、

「とりあえず、巳之助さんにその報告をしたかったんです。巳之助さんも是非、祝言に出てください」

「巳之助さんは私たちの恩人ですから」

と、菊文字は思いを込めて言った。

ふたりが引き上げた後、巳之助はしみじみと喜びを噛みしめた。

どこからともなく、コオロギの鳴き声が聞こえてきた。もう秋が近づいているのを感じた。

この作品は書き下ろしです。

幻冬舎時代小説文庫

●好評既刊
天竺茶碗　義賊・神田小僧
小杉健治

阿漕な奴からしか盗みません――。弱きを助け強きをくじく信念と鮮やかな手口で知られる義賊・巳之助が辣腕の浪人と手を組み、悪名高き商家や旗本の鼻を明かす、著者渾身の新シリーズ始動。

●好評既刊
月夜の牙　義賊・神田小僧
小杉健治

紙問屋のおかみに頼まれて用心棒になった浪人の九郎兵衛。直後に入った押し込みを辛くも退けるが、紙問屋の番頭はおかみが盗賊を手引きしたと言い始める。日陰者が悪党を斬る傑作時代小説。

●好評既刊
祈りの陰　義賊・神田小僧
小杉健治

鋳掛屋の巳之助は女の弱みを握って金を巻き上げている祈禱団の噂を耳にする。祈禱団には浪人の九郎兵衛も目を付けていた。二人が真相を探ると、勘定方の役人も絡む悪行が浮かび上がり……。

●好評既刊
仇討ち東海道㈠
お情け戸塚宿
小杉健治

父の無念を晴らす為に、江戸へと向かった矢萩夏之介と従者の小弥太。しかし仇は、江戸を出奔し東海道を渡っていた。ふたりは無事に本懐を遂げることが出来るのか!?　新シリーズ第一弾。

●好評既刊
遠山金四郎が斬る
小杉健治

悪事が横行する天保の世。江戸の町に蔓延る悪を、天下の名奉行が今日も裁く。北町奉行遠山景元、通称金四郎の人情裁きが冴え渡る!!　著者渾身の新シリーズ第一弾。

幻冬舎文庫

●最新刊
キッド
相場英雄

元自衛隊員の城戸は上海の商社マン・王の護衛のために福岡空港へ。だが王が射殺され、殺人の濡れ衣を着せられる。警察は秘密裏に築いた監視網を駆使し城戸を追う——。傑作警察ミステリー！

●最新刊
ラストラン　ランナー4
あさのあつこ

努力型の碧李と天才型の貢。再戦を誓った高校最後の大会に貢は出られなくなる。彼らの勝負を見届けたいマネジャーの久遠はある秘策に出る。陸上に魅せられた青春を描くシリーズ最終巻。

●最新刊
20歳《はたち》のソウル
中井由梨子

夢を抱えたまま、浅野大義は肺癌のために20年の生涯を終えた。告別式当日。164名の高校の吹奏楽部OBと仲間達による人生を精一杯生きた大義のための1日限りのブラスバンド。感動の実話。

●最新刊
神奈川県警「ヲタク」担当　細川春菜
鳴神響一

江の島署から本部刑事部に異動を命じられた細川春菜。女子高生に見間違えられる童顔美女の彼女を新天地で待っていたのは、一癖も二癖もある同僚たちと、鉄道マニアが被害者の殺人事件だった。

●最新刊
祝福の子供
まさきとしか

母親失格——。虐待を疑われ最愛の娘と離れて暮らす柳宝子。二十年前に死んだ父親の遺体が発見され父の謎を追うが、それが愛する家族の決死の嘘を暴くことに。〝元子供たち〟の感動ミステリ。

名《な》もなき剣《つるぎ》

義賊《ぎぞく》・神田《かんだ》小僧《こぞう》

小杉《こすぎ》健治《けんじ》

令和3年6月10日　初版発行

発行人――石原正康
編集人――高部真人
発行所――株式会社幻冬舎
〒151-0051東京都渋谷区千駄ヶ谷4-9-7
電話　03(5411)6222(営業)
　　　03(5411)6211(編集)
振替00120-8-767643
印刷・製本―株式会社　光邦
装丁者――高橋雅之

幻冬舎時代小説文庫

ISBN978-4-344-43099-0　C0193　こ-38-12

幻冬舎ホームページアドレス　https://www.gentosha.co.jp/
この本に関するご意見・ご感想をメールでお寄せいただく場合は、
comment@gentosha.co.jpまで。